U0028256

# 別將手上的髒污擦在那裡

汚れた手をそこで拭かない

蘆澤央
You Ashizawa
李彥樺——譯

目次

# 只是運氣不好

遠方不斷傳來開關紙拉門的聲響。

開了又關，關了又開。開的時候沒有完全拉開，關的時候也沒有完全關上。聽起來只像是將一扇老舊的紙拉門在門檻的軌道上拉來推去。紙拉門角落的一小塊不起眼的污垢，看起來像是一張人臉。隨著紙拉門左搖右擺，那張臉上的笑意越來越深。

快逃！我在心中如此警告自己。那是個很可怕的東西，快逃！

就算逃不了，至少也該將視線移開。在我想到應該這麼做的同時，我才察覺身體動彈不得。我倒抽了一口涼氣，就在那瞬間……我醒了。

首先映入眼簾的，是熟悉的天花板木紋。緊接著我聽見了清脆的金屬撞擊聲，那聲音讓我緩緩吁出了一口長氣。

——啊啊，那是鉋刀的聲音。

我勉強將頭從枕頭上抬起，幾乎就在同一時間，丈夫停下了操縱鉋刀的動作。

「妳醒了？」

我應了一聲「嗯」，發現自己的聲音異常沙啞。雖然喉嚨搔癢難當，但我知道一旦開始咳嗽，就會停不下來，因此只能暗自忍耐。丈夫遞給我一杯水，我以眼神道謝，伸出顫抖的手。接下杯子輕啜一口，感覺喉嚨終於獲得滋潤。

「謝謝。」

丈夫輕輕點頭，重新轉頭面對工作檯。他拿起鎚子輕敲，調整鉋刀內側壓鐵的位置。

我又聽見了類似開關紙拉門的聲響。

——他在製作什麼呢？丈夫的手，抓著一根長約一公尺的方形木材。那是椅子的某個部位嗎？還是某種棚架呢？

但是過了好一會，我發現丈夫只是反覆刨削著同一根木材，並不進行下一個步驟。工作檯上堆積如山的木屑，讓我覺得胸口有股沉重的壓迫感。

我這才明白，丈夫根本沒有打算製作任何東西。他只是想要找點事情做，來消除心中的不安。

大約一年前，我被醫生告知壽命只剩下半年。

我以丈夫的被撫養人身分加入的健康保險，提供了五十五歲健檢的服務。在那次的健檢裡，我被告知需要做進一步的精密檢查。我聽了也只是笑笑而已，因為我相信一定是哪裡搞錯了。沒想到一查之下，我竟然已經是癌症末期。

癌細胞已經轉移至多重臟器，難以動手術切除。藥物治療的效果也不彰，所以過了一陣子之後也停了。

我提出了希望人生最後一段日子能夠在家裡度過的要求，丈夫同意了。我的丈夫原本在地方上的小工務店當一名土木工匠，後來改行當門窗裝修師傅，因此他在家裡有一間工作房，他幾乎一整天都在裡頭。丈夫為了配合我的要求，將我的病床擺在工作房的角落。

我很喜歡看丈夫工作時的模樣。喜歡看他確認木材狀況的銳利眼神，喜歡看他操縱道具時的俐落動作。聽著他那指節明顯的雙手所發出的肅穆聲響，能讓我感覺有如浪潮般不斷湧來的身心痛楚稍得緩解。

——但是對丈夫來說，看著妻子日漸虛弱，那是一種什麼樣的心情？

假如我真心為丈夫著想，或許應該讓自己的存在感慢慢消失。這麼一來，就算我不在了，他的生活也不至於有太大的變化。

然而我卻只顧著自己想陪在丈夫身邊的心情，提出了這樣的要求。

〈唉，真是窩囊。〉

驀然間，我的腦海裡響起了婆婆的聲音。當年我聽到這句話的時候，感覺像是被人從頭頂潑了一盆冷水，如今那感覺重上心頭。

二十多年前，公公忽然腦中風。雖然急救後撿回一條命，但從此臥病在床，需要接受看護。

婆婆嘴裡不停喊著「怎麼辦」、「接下來該如何是好」，我心裡也想著相同的問題。

公公的身體變成這樣，看來只能住在一起了。這是我心中的第一個念頭。公公體格高大，婆婆要一個人照顧他，實在是太辛苦了。但如果要一起住的話，房間該怎麼分配？房子需不需要改建？我才剛想到這裡，婆婆忽然以冷硬的口吻說了一句：

「唉，真是窩囊。」

〈看看妳，從剛剛就在那邊東張西望，看來是一點也不打算認真思考。〉

婆婆接著這麼說。我的腦海霎時浮現「誤會」這句話，我卻沒有辦法說出口。只感覺喉嚨像是哽了異物，全身的體溫逐漸流失。

〈媽，妳冷靜點。〉

此時身旁傳來了低沉而平淡的聲音。

〈十和子怎麼可能沒有在認真思考？〉

丈夫說得理所當然，同時將手放在我的肩膀上。那掌心傳來的暖意，讓我緊繃的身體稍微獲得放鬆。

〈我是在思考，如果要住在一起的話，房間該怎麼分配……〉

我勉強擠出了這句話，婆婆一聽，表情卻像是吃了什麼味道古怪的東西。

〈那不是現在需要思考的事情吧？這藉口太牽強了。〉

我聽到這句話，又感覺到一股涼意竄上心頭。

因為這正是我從小聽過無數次的斥責之語。妳為什麼那麼愛找藉口？妳的歪理未免太多了吧？妳這孩子怎麼這麼讓人討厭？

看來我又犯了相同的錯誤。懊悔與羞慚同時湧上心頭，我頓時感覺到臉頰變得火燙。

〈媽，妳冷靜點。〉此時丈夫又說了一次。

〈是妳剛剛一直唸著怎麼辦，十和子才會認真思考解決對策。〉

果然還是丈夫最懂我。我忽然感覺鼻頭一酸，差一點就要掉下眼淚。但我擔心此時如果掉眼淚，感覺就像是在責備婆婆的不是，因此強自收斂起了湧上眼眶的淚水。然而過了幾秒鐘，我才忽然醒悟，此時如果我能夠掉幾滴淚水，或許反而不會那麼讓人討厭。

婆婆會說出那些話，只是因為公公突然中風，一時心慌意亂的關係吧。到了隔天，婆婆就向我道歉，說她不該對我說出那麼過分的話。而且從那天之後，她就再也不曾對我發過類似的牢騷。

不僅如此，而且自從住在一起之後，她變得對我非常和善，好幾次對我說「我能有妳這樣的媳婦，真是太幸福了」。在她臨終之際，她甚至告訴我：「比起我那兒子，妳更像是我的親生女兒。」

那一天的事情，我相信婆婆早已不放在心上。而且我也相信婆婆當時說的那幾句話，並不是婆婆的真心話。雖然常有人說，一個人只有在緊急狀況下才會露出本性，但我認為緊急狀況時流露出的會是失去理智的情緒，不應該武斷認定那就是本性或是真心話。

既然如此，為什麼我會在現在這個時刻，突然想起婆婆的那些話？這些年來，我對婆婆明明沒有任何心結或芥蒂。

我闔上沉重的眼皮，嘆了一口又長又重的氣。

——如果我們有孩子，人生會有什麼不同？

類似的問題，我已經思考過無數次。如果我和丈夫之間有孩子，那會是個什麼樣的孩子？生兒育女的人生，將會是什麼樣的人生？如果我們有孩子，是否我就不用擔心，丈夫會在我死去後無人陪伴？

五十六歲這個年紀，到底算是年輕還是年老？我越是思考，越是無法肯定這個問題的答案。

在二十多歲的時候，五十歲對我來說實在太過遙遠，我根本不敢肯定自己能不能活到五十歲。但如今我活到了五十多歲，生了重病，未來已經沒有多少日子好活。我這才驚覺，過去我在潛意識裡一直相信自己至少能夠活到平均壽命。

原本應該存在於前方的道路，突然被堵死了。我不由自主地想要為這意料之外的事態找出背後代表的意義。是不是因為我接受健康檢查的次數不夠頻繁？是不是因為我的飲食習慣有問題？抑或是我做了什麼缺德的事情，所以遭到了報應？其實我當然知道，這些都不能算是真正的理由。所謂的平均壽命，顧名思義，只是一個平均數字而已。拿平均數字當作基準來思考自己的人生，這個心態本身就是一件非常沒有意義的事情。我明明這麼告訴自己，卻還是不由自主地感覺有人奪走了原本應該屬於我的東西。而且不知道為什麼，我總覺得造成這個結果的始作俑者是我自己。

不知道丈夫接下來還會活多少年？我一方面希望他能夠長命百歲，一方面又懊惱自己沒有辦法實現當初的承諾，陪他走完此生。

到頭來，我沒能給丈夫留下任何東西。一想到這點，我便感覺到一陣彷彿全身精力都已流逝的空虛感，以及一股急著想要做點什麼來彌補的焦躁感。不，這不完全是為了丈夫。我更擔心自己會就這麼死了，沒能在世上留下任何痕跡。

我睜開眼睛一看，丈夫依然在用手上的鉋刀削著木材。偶爾磨一磨刀刃，偶爾調整一下壓鐵的角度。

規律的聲響迴盪在室內。

丈夫每年都會有幾次在半夜裡夢囈的情況。每次我將他喚醒，問他是不是作惡夢，他從來不肯回答。每當他夢囈，到了隔天，他操作鉋刀的時間一定會比平時更長。

我花了不少時間，慢慢挪動身軀，好不容易才坐起了上半身。丈夫停下動作，轉頭朝我望來，眼神中帶著疑問。我毫不遲疑地喊了一聲：

「老公……」

其實此時的我，稱不上是下定了什麼決心，甚至不認為自己正在做一件有把握的事情。

我只是突然有個想法。或許我沒辦法在世上留下一些東西，但我至少能夠帶走一些東西。

例如多年來折磨著丈夫的那樣東西。

「或許我可以幫你帶走……你心中的痛苦。」

丈夫聽我這麼說，睜大了他那細小的眼睛。

「當然如果你不想說，那也沒關係。我只是心想，如果你心裡有什麼讓你感到痛苦的回憶，如果能夠讓我幫你帶走，那也很好。」

丈夫的雙眸微微顫動。

接著我聽見「咚」的一聲重響，丈夫將鉋刀擱在工作檯上。他微微張開乾燥的雙唇，喉結上下晃動。

數秒鐘後，丈夫深吸一口氣。

「從前……我曾經害死一個人。」

丈夫的語氣非常平淡，卻帶了幾分驚懼，就像是要把一樣藏在黑暗處多年的東西取出來，攤在陽光下。

✦

高工一畢業，我就進入光村工務店工作。

雖然是高工畢業，但課堂上教的只是基礎，我幾乎完全沒有實務經驗。所以剛開始的時候，我的身分是實習土木工匠，只能在工務店裡做些雜務，慢慢累積實務經驗。過了五年之後，我的頭銜終於少了「實習」兩字。但是要成為一個真正能夠獨當一面的土木工匠，至少還得再累積五年經驗。

就在我做到第五年的某一天，我在店裡接到一通電話。

〈太慢了！〉

我一接起電話，便聽見這麼一句怒吼。我心裡暗暗叫苦，因為我光聽那怒罵聲，便已知道對方的身分。下一瞬間，我又聽見了刺耳的咂嘴聲，彷彿是在責備我沒有立刻給予回應。

〈最近的年輕人，連接電話的禮貌也不懂？〉

「失禮了，謝謝您的關照，這裡是光村工務店。」

我趕緊挺直腰桿，恭恭敬敬地說道。接著我又聽見電話另一頭的人「哼」了一聲。

〈你這小子，真的是一點常識也沒有。說『謝謝您的關照』這句話之前，應該先

問清楚對方是誰。〉

「呃，我知道您是中西先生。」

〈你這麼說，是要故意給我難堪嗎？〉

中西氣呼呼地說道。「對不起，我不是那個意思。」我趕緊縮起脖子道歉。但我知道剛剛如果不說出他的名字，也會引來「你連老主顧的名字也記不住嗎」的責罵。到目前為止，我已經吃過好幾次這樣的悶虧。

還記得當初第一次惹中西生氣，我向店長回報這件事的時候，我的心中惴惴不安，以為店長一定會將我臭罵一頓。沒想到店長只是嗤笑一聲，說道：「什麼老主顧，真是大言不慚。中西這傢伙會委託我們的，都是一些小不拉嘰的工作。不是修理會搖晃的椅子，就是換電燈泡。」

過了不久，我就親身體會到店長說的一點也沒錯。中西向我們委託工作相當頻繁，每個月總有好幾次，但那些工作說穿了只是一些服務性質的工作，對工務店的業績根本沒有幫助。當然他偶爾還是會委託一些需要收費的工作，例如修補紗門、換壁紙什麼的，但金額都不大。

明明不是什麼大客戶，尖酸刻薄的本事卻比任何客人都厲害。

工務店裡的所有人，都不想接中西的工作。因為每次到他家，都得聽他說一些酸言酸語。例如他可能會以譏笑的口吻說道：「做這麼簡單的事情也能收錢，真羨慕你們這個工作。」而且他只要一逮到說閒話的機會，就會開始自吹自擂，描述他如何在餐廳裡抱怨出菜太慢，最後讓餐廳老闆答應免錢的「豐功偉業」。要不然就是得聽他不斷發牢騷，抱怨女兒不帶孫子回來見外公。

因此越是老經驗的土木工匠，越不喜歡接中西的工作。再加上中西委託的工作大多沒有什麼技術性，不需要特地指派老經驗的土木工匠出馬。這麼一來，應付中西這件苦差事當然就落在資歷最淺的我這個菜鳥肩上。

我一邊強忍著想要嘆氣的心情，一邊拿起原子筆。我正要問中西有什麼事，中西竟然搶著開口問道：「你們的工務店，能做什麼樣的改建工程？」

「改建工程？」

我忍不住重複了對方的話。坐在我斜前方的店長一聽到這幾個字，立刻抬起頭，默默朝我伸出手掌。我趕緊告訴中西「換店長接聽電話」，同時將話筒遞到店長手中。

店長與中西談了好一會後，掛斷了電話。店長告訴我們，中西想要委託的是一椿相當大規模的改建工程。中西的妻子已經過世，女兒也已經出嫁，屋子裡多了許多空房間，因此他想要把二樓的兩間房間打掉，讓一樓的起居室擁有挑高天花板。除此之外，他還想要順便把廚房及浴室的設備都換新。林林總總加起來，施工費用相當可觀。雖然要應付中西絕對比應付其他客人麻煩得多，但在權衡麻煩與獲利之後，店長似乎認為這個案子還是有接下來的價值。

事實上對我來說，這也是求之不得的事情。因為接下了案子之後，與中西的接洽工作，必定是由店長或負責施工的老經驗土木工匠負責。這麼一來，不管中西有多麼難纏，都不關我的事了。或許過程中我也得在旁邊觀摩學習，但至少我不再需要首當其衝地承受中西的抱怨及斥罵，光是這點應該就能讓我感覺心情輕鬆不少……我原本心裡如此盤算著，但後來我才發現，自己實在是太天真了。

中西那張嘴再怎麼壞，在面對態度強硬、說話充滿霸氣的店長時，通常還是討不了半點便宜。當他在店長的面前吃了虧，到頭來還是會把怒氣發洩在我這個菜鳥身上。

例如中西原本已接受了店長提出的改建方案，不久之後卻對著我口沫橫飛地抱怨：「別以為我是門外漢，就可以亂敲我竹槓。」又例如我們提出好幾家廠商的估價表，好不容易說服了中西，開始進行施工，他卻因為在某座規格完全符合標準的階梯上絆了一跤，就大罵我們偷工減料。

到了最後，還得由店長親自向中西說明每個施工細節。等到中西願意在點交同意書上簽名，已經超過一般正常工期半年以上。

更誇張的是中西即使是在簽完名之後，嘴裡還是不停抱怨「這麼簡單的工程，竟然收我這麼多錢，根本是搶劫」。店長一邊隨口安撫，一邊帶著我匆匆離開中西家。一回到工務店，所有參與這個案子的同事們全都站了起來，異口同聲地問道：「如何，順利嗎？」從大家的神情，可以看出每個人都很擔心今天沒辦法順利完成點交。

「大家今天可以下班了，我們一起去喝一杯慶祝吧。」店長這句話一說出口，整個辦公室登時歡聲雷動。

但是下一秒，工務店的電話發出刺耳的鈴聲，讓每個人都僵住了。

我心裡有股不好的預感。其他人似乎也一樣，竟然沒有人願意伸手接起電話。

那令人焦躁不安的尖銳鈴聲，像極了中西的怒吼聲。喂！你們在那邊摸什麼魚！別以為你們躲了起來，我就找不到你們！

這電話響起的時間之巧，讓我不禁懷疑中西真的躲在某個地方偷偷觀察著我們。

我抱著滿心的恐懼，接起了電話。

「喂，光村工務店……」

〈你們在搞什麼鬼！〉

從話筒傳出來的怒吼聲，令我清楚感覺到整個大氣在隱隱震動。我不需要報上姓名，當然也不需要詢問對方的姓名。於是我承受著所有人的視線，將力量集中在腹部，硬著頭皮問道：

「請問……有什麼問題嗎？」

〈問題可大了！你們的施工有嚴重瑕疵！〉

我將話筒稍微拿離耳邊，轉頭望向店長。店長皺起眉頭，點了一根菸。我看著店長那緩緩吞雲吐霧的無奈模樣，稍微思索了一下，開口問道：

「剛剛我們不是一起確認過每個施工環節了嗎？而且您也已經簽了名……」

〈剛剛電燈還會亮，現在卻不亮了！〉

我一時啞口無言，差一點就脫口說出失禮的話。

電燈不亮的原因非常簡單，根本不需要到中西家確認。

因為沒裝燈泡。

在驗收的時候，店長裝上燈泡，讓中西確認電燈沒有問題，同時告訴中西：「如果燈泡壞了，請聯絡我們，我們會來換新的燈泡。」沒想到中西此時竟然酸了一句：

「原來換燈泡也是你們賺錢的手法。」

中西說完這句話，竟然又補了一句：「換燈泡這種事，只要有梯子，任何人都做得到吧。」

店長聽他這麼說，似乎也動了怒氣，淡淡地說道：「既然您認為自己也做得到，那這燈泡我就不幫您裝回去了。」中西此時又頂了一句：「你以為門外漢一定裝不了，想要敲我竹槓，可沒那麼容易。」店長一聽，更是怒火中燒，於是真的將燈泡拆了下來。

「電燈不會亮是因為燈泡……」我才解釋到一半，中西似乎也想起了這段來龍去脈，怒氣沖沖地說道：

〈別跟我說那麼多廢話！我當然知道你要說什麼！我不滿的是你們這種拿了那麼多錢，卻連小小的燈泡錢也想省的齷齪心態！〉

我聽到這裡，忍不住嘆了一口氣。當然我的聲音非常輕，並沒有讓對方聽見。另一方面，我心裡也感覺鬆了口氣。至少並不是我們的施工真的有什麼瑕疵。

「需要我們去幫您裝上電燈泡嗎？」

〈廢話！那還用說嗎？〉

中西一吼完，就掛斷了電話。於是我又吁了一口更長的氣。

我放下話筒，轉頭告訴同事們，請大家先出發。我到中西家裝好了燈泡，就會到慶功宴的會場去跟大家會合。同事們一聽，都笑我是個爛好人。一個說「那種惡劣的傢伙，根本不需要理他」，另一個說「是他自己愛說大話，說什麼只要有梯子，任何人都能換燈泡」。

我自己也不明白，為什麼我會突然自告奮勇，說出要去幫中西裝燈泡這種話。或許是因為我想到中西家改建成了挑高天花板，裝燈泡時得使用長度將近三公尺的梯子才夠高，而附近的購物商城並沒有賣這麼高的梯子。但是事後想想，中西大可以找別家工務店幫他換燈泡，根本不需要我杞人憂天。何況要是能趁這個機會讓中西與其他家工務店搭上線，以後我反而能夠落得耳根清靜，除去一大麻煩。只能說我當時太過衝動，並沒有把事情想清楚。

前往中西家的途中，我已經開始後悔了。但我還是用「裝燈泡這種小事，其他工務店恐怕不肯幫忙。中西家沒有燈，生活一定會相當不方便」這種藉口，說服自己開著車子繼續前進。下了車之後，我看見的是中西的那一張臭臉，以及一句「你們竟然為了賺錢，把我家搞成這副模樣」的抱怨。

我以雙手環抱著梯子，整個人傻住了，一時不知該說什麼才好。

挑高的天花板，是當初中西自己提出的要求。我們曾經好幾次提醒他「天花板太高，不管是打掃或是換燈泡都很麻煩」，是他自己充耳不聞，一再堅持「反正照我說的去做就對了」。

——何況幫忙換燈泡根本賺不了什麼錢。

若以人事成本來計算，這絕對是虧錢的服務性工作。

「……這次不會跟您收錢啦。」

我低聲說完這句話，便不再理會站在門口的中西，抱著梯子通過他的身邊。我本來想要一口氣衝進屋裡，趕快把事情辦完，但我發現如果動作太粗魯，梯子腳會撞到牆壁，所以我只好小心翼翼地前進。就在我低頭確認扣住伸縮梯腳的金屬片有沒有鬆脫時，又聽見背後傳來斥責聲：「做事像個慢郎中，真是沒用的傢伙。」我一聽，登時感覺耳朵發燙。我不禁有些後悔，當初實在不應該走玄關大門，應該從外廊進屋才對。但這時如果回頭，一定又會引來一陣責罵。

我迅速裝了燈泡，二話不說便轉身離去，想要趕緊把車子開回工務店。但是當我走到門口的時候，中西忽然自後方將我叫住。

「喂！」

「還有什麼事嗎？」

我轉過頭，面無表情地看著中西。他朝著我抱在腋下的梯子抬了抬下巴，說道：

「那梯子，多少錢？」

「什麼？」

一時之間，我不明白他在說什麼。我沿著他的視線低頭望向梯子，這才想起他曾經說過「只要有梯子，任何人都會換燈泡」。

——難道他真的打算自己換燈泡？

「這個不是商品……」

「這我當然知道。」

中西露出一臉不耐煩的表情，咂了個嘴。

「但是這電燈泡太高了，用一般的梯子根本搆不到。」

「就像我上次說的，只要您一通電話，我們就會來換。」

「你們這麼缺錢嗎？連這種小錢也要貪。」

中西揚起嘴角，露出一臉譏諷的表情。我一時啞口無言，緊接著一陣疲勞如排山倒海般湧來，讓我感覺到一陣暈眩。

「我不是那個意思，這電燈實在太高了，自己換實在很危險。」

「你別看我年紀大，就瞧不起我。你們店長的年紀，跟我也沒差幾歲。」

我聽著中西那咄咄逼人的口氣，忍不住以空著的手指搓揉太陽穴。店長今年確實已經六十七歲了，與中西相去不遠，但是他幹了這麼多年的土木工匠，體力當然與中西不可同日而語。

「我們店長的情況比較特別。」

「既然你這麼瞧不起我，現在就把梯子架起來，我讓你見識一下我的本事。」

我心裡感到萬般無奈，不明白他怎麼會作出這樣的結論。但我實在拗不過他，只好把梯子打橫擺在地板上，扳開扣住梯腳的金屬片，將縮起的梯腳拉出來。接著抓住踏板，將金屬片扣回，然後緩緩將梯子立起來。我心裡盤算著，當他開始往上爬的時候，應該就會放棄了吧。梯子這種東西，旁人看起來不怎麼高，站在上頭的當事人卻會覺得非常高。

沒想到中西竟然沒有放棄，讓我感到相當意外。他的腳步搖搖擺擺，看起來相當不穩，卻堅持到了最後一刻。

「這下你沒話說了吧？看你還敢不敢佔我便宜。」
我聽著中西那得意洋洋的聲音，眼珠子轉了轉，思考了幾秒之後，想到了另外一番說詞：
「買梯子花的錢，比找人裝電燈泡要貴得多。」
中西是個錙銖必較的人，想要說服他，最好的方法就是和他站在相同的立場上。而且我並沒有說謊，這種工程用的長梯相當昂貴，就算每個月都換電燈泡，也很難抵掉買長梯的錢。
中西聽我這麼說，臉色卻更臭了。
「你以為我沒錢嗎？」
——為什麼會得到這樣的結論？
我明顯感覺到全身的精力正在快速流逝。像中西這種人，就是典型的「說一句頂三句」吧。他的發言往往是為抱怨而抱怨，並不是有什麼特別的訴求。
「告訴你，我多的是錢。」
中西露出齷齪的微笑，故意裝模作樣地拉開錢包，抽出鈔票。
「說吧，多少？」

不知道為什麼，那一大疊鈔票給我一種不敢直視的感覺。

「……我得問問店長才行。」

「真沒擔當。」

中西哼了一聲，以拇指比了比家裡的電話機，說道：「好吧，我借你電話。」我遲疑了數秒鐘，決定總之先打電話回工務店問問看。

我本來擔心大家都已經到慶功宴會場去了，幸好店長因為放心不下，還留在店裡等我。電話才剛響，店長立刻接起，劈頭就問道：「怎麼了？」我非常注意自己的用字遣詞，小心翼翼地說明了來龍去脈，店長聽了之後，詫異地說道：

〈啊？他在想什麼啊？他知道那梯子有多貴嗎？〉

「他說他很有錢……」

「別那麼多廢話，給我！」

一旁的中西似乎聽得不耐煩，伸手搶過話筒，以粗魯的口吻說了跟剛剛一模一樣的話。接著他們又交談了兩句，中西忽然惡狠狠地掛斷了電話。我心裡正納悶，不曉得店長對中西說了些什麼話，只見中西二話不說又掏出錢包，一口氣把裡頭的鈔票全掏出來，舔了舔髒污的手指，當著我的面數了好幾張。

「拿去，現在你總沒話說了吧？把梯子給我留下。」

「可……可是……」

我不由得望向電話機。店長真的答應要賣梯子？

「這梯子是我們店裡在用的。如果您真的想要這樣的梯子，我們可以幫您購買全新的……」

「我剛剛在電話裡問過了，這梯子是舊型的，現在已經買不到相同款式的梯子了。」

「我可以找類似的……」

「我就是要這一張梯子，你聽不懂嗎？」

中西將鈔票推到我身上，同時伸手抓住了梯子。

「不是你們賣的東西，反而值得信任。」

我迫於無奈，只好向中西說明了梯子的使用方式及注意事項，將梯子留在中西家，回到了工務店。「他真的買了那張梯子？」店長得知之後錯愕得合不攏嘴。「果然還是不應該賣給他，是嗎？」我說完之後立刻轉身，想要奔回卡車上。

「我馬上去拿回來！」

「算了、算了。」

就在我打開駕駛座的車門時，店長苦笑著說道：

「既然你已經收了錢，那就這樣吧。是他自己說想要舊的梯子，我們再拿這筆錢去買一張新的梯子吧。」

店長對我伸出手掌，我趕緊掏出中西交給我的錢，放在他的手上。店長數完之後，忽然揚起嘴角笑了起來。

「以後他應該不會要我們幫他換燈泡了，這也算是因禍得福吧。」

後來店長帶著我前往了慶功宴會場，在那裡每個同事都拍著我的肩膀，稱讚我做得非常好。

從那天之後，我們真的再也不曾接到中西的電話，我也漸漸忘了這個人的存在。

沒想到就在半年後，中西從那張梯子上摔了下來，頭部遭到重擊，就這麼丟了性命。

✦

丈夫的口吻從頭到尾都很平淡，反而讓我感覺到各種複雜的情緒在他的心中互相激盪、翻騰。

「這不是你的錯。」

雖然聽起來像陳腔濫調，但我除了這句話之外，想不到還能說什麼。

不管從哪個角度來想，這件事都不是丈夫的錯。完全是那個姓中西的男人自作自受。

但是丈夫聽了我的話，緊繃的表情並沒有絲毫放鬆。他直盯著手上的鉋刀，以絲毫不動嘴唇的方式接著說道：

「那梯子……好像壞了。」

「壞了？但是賣掉梯子之前，你不是才使用過嗎？」

丈夫有氣無力地搖頭說道：

「我不知道梯子是什麼時候壞掉的。刑警來找我問話的時候，提到那梯子從上方數來第五片踏板的一邊連結處生了鏽，中西很可能是以全身的體重踩在那上頭的時候，把那片踏板踩斷了。那梯子的梯腳在伸長及縮短之前，都必須要扳動固定的金屬片，而做這個動作的時候，一定會抓住第五片踏板的位置。所以我可以肯定，當初我在賣他梯子的時候，那個部位並沒有毀損……但我隱約記得那附近的防鏽漆已經剝落了。在工務店裡，我們平常都是把梯子放在作業區，並不會淋到雨，所以不會有任何問題……但是到了中西家，聽說梯子一直被放在沒有屋頂的地方，承受風吹雨淋，所以第五片踏板的位置就生鏽了。」

「如果是這樣的話，那就更加不是你的錯了。」

我感覺到胸腹間似乎有什麼東西在沸騰著。晚了幾秒鐘，我才察覺那是怒火。我因為已經好久不曾像這樣動怒，不由得心跳加速，一時天旋地轉。

我的腦海浮現了丈夫過去屢屢在半夜裡作惡夢的身影。每當他作惡夢，都會發出痛苦的呻吟聲，以及令我也不禁毛骨悚然的牙顫聲。丈夫痛苦了這麼多年，竟然是因為這種荒唐的理由。

「是那個中西自己沒有把梯子保管好，不是嗎？」

丈夫這次沒有搖頭，卻也沒有點頭。

「警察也是這麼對我說。他們說沒有人能夠預測工具什麼時候會損壞，何況那種伸縮式的梯子，平常保管時應該要縮起梯腳，要用的時候才把梯腳抽出。但中西一直讓梯腳維持抽出的狀態擺放著，這是沒有人能夠預料到的事情，所以我不必為此感到自責。」

「既然連警察也這麼說……」

「但不管怎麼樣，當初我如果沒有賣他那張梯子，就不會發生後來這些事了。」

丈夫凝視著半空中的某處，眼神飄忽不定，接著又變得充滿了迷惘。

「那一天，我應該將梯子帶回工務店才對。不管中西怎麼說，我都應該堅持要回去和店長討論之後才能決定。」

「但是……」

我想要反駁，卻不知道該說什麼才好。就在我心亂如麻之際，丈夫再度開口說道：

「何況就算當天我把梯子留在中西家，事後我還是有很多機會可以去拿回來。中西冷靜了幾天，或許會發現自己根本不需要梯子。就算他還是想要梯子，我們也應該換一張新的給他。」

我在心裡又喊了一聲「但是」，這兩個字卻哽在我的喉嚨，沒有辦法說出口。這麼多年來，丈夫多半一直在思考著自己可以怎麼做，來迴避這場悲劇。每當他想到一個方法，他的自責就加深一分。

「店長和前輩同事們都叫我不要想太多。他們都對我說，這不是你的錯，如果我是你，一定也會做出相同的決定……就連中西的女兒……」

丈夫痛苦地擠出了最後的幾個字。

我驚愕地抬起了頭。在聽到女兒這兩個字之前，我完全忘了中西還有家人。丈夫剛剛確實曾經說過，中西說他的妻子已經去世，女兒也嫁人了，所以家裡多了許多空房間。

「中西的女兒……沒有說過一句責備我的話。她反而向我道歉，說父親的意外讓我有了不好的回憶。即使聽她這麼說，我還是沒有辦法在她的面前抬起頭來。最後她甚至告訴我，『如果那天我爸爸爬上的是梯子的另一側，就不會掉下來了，只能怪他運氣太差。』」

我不禁心想，中西的女兒是抱著什麼樣的心情，說出了這些話？我的內心充滿了驚訝與感謝。至少丈夫沒有受到死者家屬責備。

丈夫接著又說道：

「發生意外的那一天……中西的女兒剛好回老家看父親……我後來才知道，她在那之前已經有將近二十年沒和父親見面。」

他的聲音異常低沉。

「二十年？」

我吃了一驚。「嗯……」丈夫垂下頭，遲疑了片刻才輕輕開口說道：

「根據女兒的說詞，似乎是父親反對她結婚，她為了結婚而離家出走，後來幾乎再也沒有和父親聯絡。她從來不曾帶兒子回來見外公，而且原本打算永遠不會這麼做。」

「既然如此，她為什麼要回來……？」

「因為她當時生了病，未來的日子已經不多了。」

丈夫這次一口氣說完，沒有絲毫停頓。

「她告訴我，如今她即將離開人世，才開始認真思考是不是該這樣下去。」

我低頭看著自己充滿皺紋的手掌，點頭說道：「原來如此。」

我似乎可以體會女兒的心情。既然難逃一死，至少要讓自己盡量不留下遺憾。任何人都不希望在斷氣的瞬間，否定自己過去的一生。如今的我，不也是抱著這種心情嗎？

「但是到頭來，中西在臨死前還是沒有見到孫子。」

丈夫以呢喃自語般的口氣說道，同時以雙手緊緊握住了鉋刀。

「那天女兒沒有把孫子帶來？」

「女兒原本打算自己先和父親見一面，如果父親已經徹底改變，可能有機會和解的話，就找一天把兒子帶回來見外公。」

丈夫皺起眉頭，接著說道：

「……聽說當年中西不僅反對女兒結婚，還當著女兒的面說出『我的教育真是失敗』、『跟外國人結婚，一定會遭到歧視，絕對不會有好日子過』這些話。」

我不禁倒抽了一口涼氣。

「他竟然說出這麼過分的話……」

丈夫一臉苦澀地說道：

「不僅過分，而且他完全沒有意識到，他自己說的那些話本身就帶有歧視意味。」

女兒聽親生父親說出這種話，心裡不知作何感想？

〈妳真是個不討人喜愛的孩子。〉

我忽然回想起了父親對我說過好幾次的這句話。或許對父親來說，這只是一句無心之語，但是這句話卻像一種詛咒，永遠潛藏在我的意識深處。更何況是「我的教育真是失敗」這種話，簡直是徹底否定了孩子的人格。怪不得中西的女兒會抱定主意，一輩子不再和父親見面。

但是女兒在臨死之前，還是決定再和父親見上一面。

——女兒的心中，肯定抱著「或許父親已經變了」的一縷希望。

「父女兩人還沒有好好溝通，就發生了意外？」

「是啊，女兒很多年沒回家，回來一看才發現老家變得完全不同，所以父女兩人一開始聊的是房子改建的事。剛好挑高天花板的電燈泡壞了，所以中西打算換掉電燈泡……」

我聽見了丈夫的嘆氣聲，忍不住跟著閉上眼睛，長長嘆了一口氣。

——只能說運氣實在太差。

不，從另一個角度來看，或許可以說運氣沒那麼差。

從丈夫的描述聽來，中西這個人顯然多年來一直沒什麼改變。父女兩人重逢沒多久，父親就死了，至少女兒不必再對父親失望一次。

我把這個想法告訴丈夫，他卻有氣無力地搖了搖頭，說道：

「女兒對我說過，她剛見到父親沒多久，就知道父親這些年來一點也沒變。而且她還對我描述了當時的狀況，她說『那時候我要把梯子搬進屋裡，父親完全不肯幫忙。我走起路來搖搖擺擺，父親卻只是一邊按著門，一邊露出壞心眼的笑容』。」

丈夫緩緩抬起頭。

「而且女兒相隔二十年與父親重逢，得到的下場可不是只有失望而已。」

他轉頭望著我，一邊嘆氣一邊說道：

「她還背負了弒父的嫌疑。」

「等等……」我舉起了手。

「中西的死因，不是梯子的踏板部位生鏽斷裂，導致的意外事故嗎？」

「是啊，這點是絕對不會有錯的。據說意外發生後不久，救護車就趕到了現場，當時中西還活著，能夠與醫護人員斷斷續續地對話。他只說自己『從梯子上摔了下來』，以及像發了瘋一樣不斷喊著『為什麼我竟然會遇上這種事』，完全沒有指控女兒做了什麼傷害他的事情。」

「既然是這樣，為什麼女兒會背負殺害父親的嫌疑？」

我越想越覺得沒道理，口氣也不禁變得嚴峻。丈夫無奈地垂下了眉毛，說道：

「他們好像說……這叫做『間接故意』吧。」

「你的意思是說，女兒明知道梯子已經壞了，用了可能會發生意外，還是故意讓父親使用？」

丈夫聽我這麼問，露出些許吃驚的表情，說道：

「妳怎麼會知道？」

這是丈夫經常對我說的一句話。十和子，妳怎麼會知道？妳真聰明，我原本完全搞不清楚呢。丈夫不時這麼稱讚我。同樣的情況，如果是我父親遇上了，大概又會說「妳真是個討人厭的孩子」。

「沒錯，就是這個意思。」丈夫點了點頭。

「而且警察似乎懷疑是女兒刮掉了梯子上的防鏽漆。」

「但是女兒已經二十年沒回老家了，不是嗎？」

「是啊，女兒告訴警察，她只是依照父親的吩咐，將原本放在屋外的梯子從外廊搬進屋內而已。那是她生平第一次碰那張梯子，也是最後一次……但有人懷疑她說謊，在父親剛買了那張梯子之後不久，她可能就回來過。她或許是在第一次回來時刮掉梯子上的防鏽漆，想要害父親發生意外。但是過了很久，都沒有聽見父親發生意外的消息，她等得不耐煩，於是又回到老家，引誘父親使用那張梯子……不過警察似乎也不是真的這麼懷疑，說穿了只是在街頭巷尾流傳的謠言而已。」

——這太荒謬了。

我一時有種全身無力的感覺。

就算刮掉防鏽漆，也不見得一定會生鏽到有可能發生意外的程度，這種事情根本沒有人能夠預測。何況就像警察對丈夫所說的，那張伸縮式的梯子如果照正常伸縮使用，一定馬上就可以察覺踏板處壞掉了。

雖然中西與女兒關係不睦，中西又剛好在女兒相隔二十年之後回來的那天發生意外去世，但要認定女兒謀害了父親實在是有些牽強。

「警方懷疑到女兒頭上的理由，其實很單純。」丈夫接著說道：

「因為中西是個暴發戶。」

「啊……」我不禁愣了一下。仔細想想丈夫剛剛的描述，確實沒有錯。中西不僅掏錢改建房子，而且還買下梯子，手頭似乎相當闊綽。在改建房子之前，中西給人一種吝嗇的印象，絕對不是願意慷慨掏錢的客人。到底是什麼原因，讓中西發生了這麼大的變化？」

「聽說他買彩券中了頭獎。」

「彩券？」

我感覺自己的聲音變得沙啞。

「嗯，聽說他當時中了三千萬圓，就算拿出一部分來改建房子，發生意外的時候，應該還剩下將近兩千萬。」

兩千萬……確實是一筆不小的數目。

「女兒主張她在發生意外之前，根本不知道父親買彩券中頭獎的事，但是很多人都不相信。大家都說她和父親二十年沒見了，卻突然跑回老家見父親，一定是因為聽見了父親中頭獎的消息。」

「她見父親，不是因為得知自己生了重病嗎……？」

「其實說穿了，這些謠言都來自於嫉妒。因為中西過世之後，所有的財產都是由女兒繼承了。」

我忽然想起數年前曾經看過一集電視節目，名稱叫做《高額中獎者的悲慘下場》。根據那節目中的描述，國外有很多高額獎金的中獎者不是遭遇搶劫，就是搭飛機時遇上墜機意外，當然也不乏家人因為遺產繼承問題而發生糾紛的例子。節目主持人總是以詼諧逗趣的口吻介紹這些案例，彷彿想要強調「看吧，中了彩券就會開始走霉運」。就連節目名稱中的「悲慘下場」這四個字，也在在突顯出社會大眾的酸葡萄心態。

沒錯，仔細想想，兩千萬圓雖然是一大筆錢，但是以遺產而言，並不是什麼令人吃驚的天文數字。這筆錢會如此受到關注，單純只是因為它是彩券中獎的獎金。

我將後腦勺抵在枕頭上，嘆了一口氣。

「後來那個女兒一直沒有洗刷冤屈嗎？」

「不，過了一陣子之後，就沒有人再懷疑她了。」

丈夫突然拉開抽屜，在裡頭翻找起來。數分鐘之後，他抽出一張紙，遞到我的面前。

那是一張頗厚的紙，看起來相當舊，邊緣已經泛黃。紙面的上方寫著「講習課程」四字。

「這是……」

我一臉狐疑地接過那張紙。「背後刊登了中西的經驗談，」丈夫一邊解釋，一邊幫我將紙翻到背面，伸手指著上頭。他所指的位置，以較粗的小字寫著「中西茂藏七十一歲」。

「根據他女兒的說詞，這個講習課程就類似現在的自我啟發講座，講師是個從美國回來的人，課程內容是當時美國相當流行的富人哲學。」

「自我啟發講座……」

我在嘴裡跟著呢喃了一遍，抱著些許摸不著頭緒的心情，讀起了中西那篇經驗談。

〈我能夠中彩券頭獎，完全是這個講習課程的功勞。但是仔細回想起來，老師所教導的所有事情，我從小就已經自然而然開始實踐了。〉

開頭寫著這麼一段話。我心想，多半是將口頭的訪談內容寫成了經過修飾的文章吧。

〈說起有錢人，往往會讓人聯想到吝嗇或壞心腸之類的負面形象。但是那樣的有錢人充其量不過是有錢人中的小角色。貨真價實的有錢人，其實大多有著高尚的品德。

真正的有錢人不僅不會吝嗇，而且通常相當慷慨。走在路上看見垃圾會撿起來，看到有人在做壞事也會勇敢加以指責。而且有錢人會認為做這些「善行」是天經地義的事，並不是為了沽名釣譽，當然也不求任何回報。

有錢人不會說別人的壞話，穿著打扮總是相當得體，家裡也會保持得乾乾淨淨。不僅如此，而且還會明白飲水思源的道理，相當重視祭祖，經常到祖先的墳前掃墓。此外也會每天朝佛龕合十膜拜，向祖先致意。沒錯，致意是一件很重要的事。可惜最近有很多年輕人不明白這個道理，連基本的禮節也不懂。

每個人的所作所為，神明都在天上看著，所以我們不必汲汲營營於謀取利益，運氣自然會很好，讓我們變得越來越有錢。

還有，有錢人絕對不會隨便把自己變有錢的事情告訴他人。因為一旦引來嫉妒，很容易會導致糾紛。這樣與不好的氣場拉開距離，也是很重要的原則。以我自己為例，我中彩券的事情，甚至連我女兒也不知道。〉

我的視線在紙面上不住飄移，好幾次被「神明」這兩個字吸引，得趕緊眨眨眼睛才能把視線拉開。

聽丈夫所描述的中西這個人，與「善行」兩個字實在是天差地遠。唯一可以認同的部分，是中西這個人確實對「禮節」非常重視，而且確實一天到晚都在指責別人。

但是那真的能算是這篇文章中所說的「善行」嗎？

「中西是在發生意外的不久前，開始參加這個講習課程。他在發表了這篇經驗談的不久之後，就過世了。」

丈夫稍微停頓了一下，指著那篇文章說：

「這文章裡頭寫著他沒有把中彩券的事情告訴女兒。」

我聽到這裡，才明白丈夫拿這張紙給我看的理由。

原來如此，既然中西在意外身亡之前沒有把中彩券的事情告訴女兒，這表示女兒不可能為了得到那筆錢，而故意在梯子上動手腳。

但我轉念又想，這似乎也不太對。

「……這順序好像有點奇怪吧？」

中西說他能夠中彩券，是因為參加了講習課程的關係，這表示他是先參加講習課程，接著才中彩券。然而他是在過世的不久前才參加講習課程，這麼說來他當初用來改建房子的錢，並不是彩券的獎金。

丈夫自己也露出一副不知該如何解讀這篇文章的表情，低頭看著紙面說道：

「確實不太合理，所以警方深入追查，發現這篇文章說因為參加講習課程才中彩券，很可能並非事實。」

「並非事實？」

「沒錯，正確的順序應該是他中了彩券，改建了房子，接著才參加講習課程。」

這意味著什麼呢？

——中西明明已經變成了有錢人，卻故意參加那種講習課程，混在一群渴望想要變得富裕的聽眾之中？

我想到這裡，全身不寒而慄。

在那一瞬間，我的腦海浮現了中西這個從來沒見過的男人的臉孔。不，若要正確加以形容，浮現的不是臉孔，而是表情。裝出一副到處虛心求教的態度，嘴角卻隱含著訕笑的表情。中西在做這件事情的時候，心裡一定相當得意吧。雖然我跟你們混在一起，但我其實跟你們可是有著天壤之別，我正是老師口中所說的「品德高尚的人」……他一定在心裡如此竊笑著。

我將視線移回中西的經驗談上。反覆讀了一會，我注意到了「負面形象」這個詞。這實在不太像是中西那個年代的人會使用的詞彙。我不禁心想，這是中西自己親口說出的詞彙嗎？抑或是採訪者在撰稿的時候，用這個詞彙取代了他原本說的某些話？我不知道這個問題的答案是什麼，但我可以肯定一點，那就是中西必定相當中意這個講習課程的講師所提出的哲學。

因為這套哲學彷彿肯定了中西的生活態度。

我試著想像當時中西的心境。那時候的中西，已經年過古稀，就算沒有生過什麼重病，也一定思考過關於未來的事。妻子已經過世了，女兒又與自己不相往來，將來總有一天，自己將會孤獨地死去，連孫子的臉也沒見過。

中西既然會常常向工務店的人抱怨女兒不帶孫子回來，這代表他一定很在意這件事。難道我的人生就是一場錯誤嗎……就算他再怎麼說服自己別胡思亂想，也一定無法將這樣的念頭完全拋諸腦後。正因如此，他才會如此重視那套能夠證明自己並沒有錯的理論。

那套理論讓他重拾信心，相信自己是個受到神明眷顧的人，所做的每一件事情都是百分之百正確。

「聽說當初是中西自己將這張宣傳單拿給女兒看。」

丈夫以充滿感慨的口吻說道。

「女兒看見老家經過大規模的改建，嚇了一大跳。中西於是說出了彩券的事，並且拿出這張宣傳單，讓女兒讀了這篇經驗談。」

——他在經驗談裡寫了那樣的話，卻還故意把經驗談拿給女兒看？

我不禁想要搖頭嘆息。但我仔細一想，又覺得他這麼做是理所當然的事。女兒應該是他在這個世界上最想證明「我沒有錯」的對象。

「他的女兒當時苦笑著對我說：『雖然是一張莫名其妙的宣傳單，但是它洗刷了我的嫌疑，也算是對我有恩情吧。』不久之後，女兒也跟著過世了。」

丈夫從我的手上抽走宣傳單，輕輕地放在床單上。

丈夫吁了一口又細又長的氣。

接著他宛如承受了反作用力一般，忽然猛吸一口氣，抬起了頭。

「妳說得沒錯，說出來之後，確實感覺心情輕鬆得多。」

他拿起我剛剛喝過的茶杯，若無其事地喝了一口，接著以掛在脖子上的毛巾擦了擦嘴角，轉頭對我說道：

「謝謝妳。」

我想要回答「不客氣」，聲音卻極為沙啞，幾乎說不出話來。接著我感覺全身發燙，而且有一股倦怠感。彷佛有一股力量從內側扭轉著我的身體，令我感到疼痛不已，幾乎無法呼吸。這突如其來的痛楚，強烈到讓我不禁懷疑，剛剛那十幾分鐘，我為什麼可以正常說話。我不由得弓起了背，此時丈夫伸出手來，輕撫著我的背部。

「抱歉，妳一定很累了吧？」

丈夫不斷在我的背上搓揉，似乎對我感到相當抱歉。他的手掌從我背上兩側肩胛骨的中間慢慢往下，直到腰際附近又轉而向上，在這個範圍內不斷來回。我閉上了眼睛，感受著來自他手掌的體溫。

我試著把注意力放在吐氣上，想像把一團名為疼痛的東西從口鼻推出體外。但我只要稍微一鬆懈，就會痛到全身動彈不得。

好痛，好難受。我好害怕自己的全部心思都被這樣的感覺佔據。

——為什麼？

我感覺到全身彷彿被一股無形的力量扭轉著，壓榨出了一陣陣的感傷。

為什麼我得承受這樣的病痛折磨？我到底做錯了什麼事？

明明知道想這些沒有意義，明明好幾次將這些念頭甩開，我的內心還是會在不知不覺中被這些想法佔據，令我無所適從。

〈真是愛找藉口。〉

——是誰對我說了這句話，我已經記不得了。

我確實很愛找藉口。那是因為不管什麼事情，我都希望找出背後代表的意義。我沒有辦法接受任何看不出因果關係的事情。

但是病痛並不是任何人的錯。常有人會忍不住為病痛找理由，但是那並沒有任何意義。妳生了病，單純只是因為妳運氣不好……我的腦海再次浮現了經常有人對我說的話。就在那個瞬間，我彷彿感覺到腦海裡有什麼東西爆了開來。

好像有什麼東西……令我不得不在意。

我凝視著天花板，反芻著丈夫所說的每一句話。到底是哪一點，引起了我的疑竇……？

「……為什麼他會說出那樣的話？」

一句疑問，從乾裂的雙唇傾洩而出。

「哪樣的話？」

背上那溫暖的手掌停止了動作。我轉頭面對丈夫，繼續開口說道：

「『為什麼我竟然會遇上這種事』，是什麼意思？」

丈夫眨了眨眼睛。

「什麼意思……？」

「你剛剛不是說，中西在救護人員的面前反覆說著『為什麼我竟然會遇上這種事』？」

「不就是字面上的意思嗎？他不明白為什麼會發生這樣的事情……」

「如果只是這樣的意思，為什麼他會說『竟然』？」

在我聽來，「為什麼我竟然會遇上這種事」這句話想要強調的重點，是「竟然」這兩個字。

這種事情明明不應該發生，竟然發生了……

〈每個人的所作所為，神明都在天上看著，所以我們不必汲汲營營於謀取利益，運氣自然會很好。〉

「中西對於自己的好運，有一套因果關係上的解釋。他認為自己運氣好，是因為自己這輩子一直做著正確的事。所以當他遭遇意外時，才會說出『為什麼我竟然會遇上這種事』這種話……」

我解釋到一半時，想到了一種可能。

中西從梯子上摔下來時，撞傷了頭部。就算剛開始他還能保持意識清醒，但他絕對沒有辦法站起來查看梯子，確認自己踩空的原因。換句話說，中西並沒有辦法客觀理解實際的狀況。

那張梯子只有一片踏板損壞，中西如果是從另一側爬上梯子，就不會摔下來了……

「當中西倒在地上的時候，他的女兒應該向他說明了梯子的損壞狀況，而且最後應該還補了一句……爸爸，你只是運氣不好。」

爸爸，你沒有做錯什麼事，你只是運氣不好，踏上了損壞的那一邊……這幾句話，聽在旁人的耳裡，是百分之百的安慰之語。但是當中西聽見時，心中作何感想？女兒又是抱著什麼樣的心情，說出了這句話？

爸爸，你根本沒有受到老天爺和神明的眷顧。

因為你的一生充滿了錯誤……

正因為是在這樣的狀態下，中西才會反覆說出「為什麼我竟然會遇上這種事」這種話。為什麼會發生這樣的狀況？我明明一生都在做對的事情，為什麼會在二選一的情況下，選擇了錯誤的一邊？

「……這麼說來，發生意外的當下，女兒沒有關心父親的傷勢，反而跑去查看梯子是不是壞了？」

「不，我想打從一開始，女兒就知道梯子壞掉了。」

我一邊說，一邊緊緊握住棉被的邊角。

沒有錯，女兒早就知道了。我剛剛聽到一半的時候，就已經察覺了這一點。

「你曾經說過，女兒告訴警察，她是從外廊將梯子搬進屋內。她還對你描述當時的情況，她說父親一邊按著門，一邊嘲笑走路搖搖擺擺的她……只要仔細想一想，就會發現這兩段說詞有矛盾。從外廊進入屋內的門，一定是傳統的拉門，根本沒有必要將門按住。」

丈夫聽到這裡，緩緩睜大了雙眸。我凝視著丈夫的眼睛，接著說道：

「可見得女兒在搬梯子的時候，走的一定是玄關大門，而不是外廊的拉門……既然走的是玄關大門，女兒一定曾經把梯腳收起來。因為梯腳伸長的狀態，進入玄關大門時會卡住。」

丈夫曾經說過，他將梯子搬進玄關大門，梯腳差點撞到牆壁。當時梯腳是縮起的狀態，還是只能勉強通過，更何況是梯腳伸長的狀態。

「老公，你還曾經說過，那張梯子壞掉的部位，是要扳動固定伸縮梯腳的金屬片時，一定會抓住的部位。」

既然是這樣，女兒為了從玄關大門進入，在縮起梯腳的時候，一定早已發現梯子損壞。但是在父親使用梯子之前，她並沒有把這件事告訴父親，直到發生意外之後才說出口。

「為什麼……」

丈夫的視線左右飄移。我感覺到眼前越來越黑，還是拚命開口說道：

「我想，她大概是想要測試父親吧。」

——既然你說你運氣好，那就證明給我看。如果你真的運氣好，你一定會選擇沒有壞掉的那一邊。

女兒如果要刻意誘導父親爬上壞掉的那一邊，想必並不困難。但我猜測女兒並沒有這麼做，因為她的目的真的只是測試。

她想要讓老天爺來決定，父親的信念是否真的沒有錯。

這場賭注，最後是中西輸了。

「你說過，女兒自己也得了不治之症，不是嗎？」

罹患絕症的女兒，聽著父親得意洋洋地說著「行為可以改變運氣」、「運氣不好都是自己造的孽」之類論調，心裡有著什麼樣的感受？

「十和子……」

耳畔傳來丈夫焦急的說話聲。

「十和子，休息一下吧。」

我感覺得到丈夫持續在我的背上輕撫，但我已經感覺不到他的體溫。我的手指開始顫抖，呼吸越來越急促。

「中西的女兒早就知道梯子壞了，但是她沒有說。」

我感覺得出來，丈夫的手掌在我的背上輕輕震了一下。我用力閉上了雙眼。

——我不敢肯定自己的推論是否正確，而且也沒有辦法可以證明。

但我還是說得斬釘截鐵。

「所以……這不是你的錯。」

我弓著背，沒有再移動身體。因為我已經動不了了。

我想要轉過身，面對丈夫的方向。我想要抱住他，輕輕撫摸他的背，就像他對我做的那樣。我的內心如此渴望，我的身體卻已經連這件事情也做不到。

但願我愛找藉口的性格，能夠幫助他放下肩膀上的重擔……

「十和子！」

丈夫的嘶啞聲音逐漸轉變為哽咽聲。

原本迴盪在耳畔的鉋刀聲響，變得越來越遙遠。

# 圓謊

秀則的第一個感覺，是天空的範圍變大了。

那微微染上了一抹紅暈的天空藍，那茂盛草木的深綠，那鐵網牆的青綠，那泳池畔的淺蔥綠，那泳池水的水藍……這種種的色彩，在水面上形成了漸層的倒影。但秀則察覺那倒影的位置比平常低得多，心臟登時劇烈一震。

——不會吧？

秀則瞬間感覺到一陣頭暈目眩。

泳池的水流掉了？

秀則踉踉蹌蹌地奔向泳池旁的機械室，內心不斷告訴自己「應該不可能」。沒錯，應該不可能。自己應該已經把排水閥關掉了才對。上午游泳課結束後，自己為了清潔泳池，啟動了過濾器，後來就把排水閥關掉了。秀則的腦海裡清楚浮現了自己將排水閥逆時針旋轉的景象。

「啊……」

下一秒，秀則的喉嚨發出了一聲驚呼。

——不對！

那景象不是發生在今天中午。秀則想起來了，今天中午自己在機械室操作泳池系統的時候，手機忽然發出了鈴聲。

來電者是秀則在高中時一起參加軟式網球社的朋友，今晚秀則跟他約好要聚餐。由於當時是午休時間，所以秀則接起了電話。

那朋友告訴秀則，他原本預約好的那家店，不知道為什麼沒有預約成功，所以只好換一家店。他原本用聊天軟體傳了訊息給秀則，想要告訴秀則這件事，但秀則一直沒有讀取，所以他只好直接打電話來。秀則為沒有及時讀取訊息的事情向他道歉，沒想到他接下來卻開始向秀則抱怨前面那家店的事。他說沒有預約成功是店員的疏失，店員的態度卻相當惡劣。秀則只好乖乖聽他抱怨，不時回應個一兩句話。聊了好一會，秀則想到等等還得參加教職員會議，於是趕緊結束通話，回到了教職員辦公室。今天的教職員會議，剛好輪到秀則擔任主席……

秀則站在機械室裡，汗水涔涔滴落地面。

——闖禍了。

秀則緊緊咬住了牙齒，立刻上前轉動沉重的排水閥，將其關閉。接著秀則走向游泳池畔，開啟注水口。不一會，便聽見了嘩啦啦的水流聲。

——從現在開始注水，趕得及明天早上的游泳課嗎？

回想今年六月的時候，泳池剛開放，自己花了一天半的時間，才將泳池注滿水。但那時泳池是完全沒有水的狀態，而且是從傍晚才開始注水，放學前就關掉了。如果在現在的狀態下，不間斷地注水，注滿水得花多少時間？

秀則回到機械室到處翻找，想要找找看有沒有游泳池說明手冊之類的東西。但是找來找去，除了張貼在牆上的操作說明之外，沒有找到任何說明文書。記載著操作說明的那張紙上，也沒有提及將游泳池注滿水得花多少時間。

秀則於是從運動服的口袋中掏出智慧型手機，以「游泳池」、「水」、「時間」進行搜尋。不到一秒，畫面上就出現了搜尋結果。

其中的第四項搜尋結果，讓秀則看傻了眼。

〈國小游泳池忘記關水，教師賠償二百四十九萬圓〉

秀則的喉嚨發出了呼嚕聲響。

點開那網站一看，標題的下方記載著縣市名稱及學校名稱，以及內容大致為「教師忘記關注水閥，自來水大量流失」的新聞。

秀則不斷往下讀，又看見了這麼一排字：「縣立水道局索討高額水費約二百四十九萬圓，由校長、教務主任❶及犯錯的二十三歲女老師三人共同分攤。市教育委員會對三人提出嚴重警告。」

秀則一次又一次伸舌頭舔著嘴唇。此時秀則回想起，數年前市內的另一所國小也發生過游泳池的水不小心流掉的案例。那一次因為受害金額不大，沒有鬧上全國版面，但市教育委員會特別為此發文提醒全市的國小及國中，教務主任還特別在教職員朝會上讀了出來，提醒老師們注意。

當時那件案子流掉了多少水，賠了多少錢？秀則依稀記得當時雖然沒有公布犯錯老師的姓名，但公布了學校及年齡。

秀則以顫抖的手指不斷滑動畫面。明明想要看清楚文章內容，腦袋卻是一片空白，眼中只看得見數字。

——冷靜點！

❶原文作「教頭」，這是日本學校特有的職位，在校園內的地位僅次於校長。由於台灣沒有類似職位，在翻譯上通常會將「教頭」翻譯為「副校長」或「教務主任」。

秀則試著把注意力放在吐氣上，在心中安撫自己的情緒。自己這次犯錯的情況，應該不用賠那麼多。剛剛那起新聞裡的老師，是將注水閥與排水閥都打開，而且連續好幾天忘了關。自己犯的錯輕微得多，只是讓游泳池的水流掉一半而已。

游泳池一半的水，到底有多少的水量？只要將長、寬、深相乘，再除以二就行了。若是平常的自己，一定馬上就能心算出來。但如今心亂如麻，竟然算不出答案。秀則只好開啟手機裡的計算機APP，輸入數字進行計算。算完之後，秀則凝視著畫面上的計算結果。

195……大約兩百立方公尺。

接著秀則連上水道局的官網，想要查詢一立方公尺自來水的水費是多少。但是瞪著價目表半天，還是搞不清楚計算的方法。官網上所舉的例子，全部都是以家庭內水龍頭正常使用的情況，金額的單位截然不同。

秀則思索了數秒，決定在搜尋的關鍵字中加入「游泳池」一詞。沒想到搜尋到的竟然是一篇名為〈賠償二百四十九萬圓！一座游泳池的水值多少錢？〉的文章，顯然內容是在驗證自己剛剛找到的那則新聞。對如今的自己而言，這樣的搜尋結果實在是相當諷刺。

秀則將臉湊在手機螢幕上，仔細閱讀那篇文章，看見了這麼一行文字：「一座二十五公尺長的游泳池，水量約四百立方公尺，以學校之類公共設施的自來水費率來計算，價格約二十六萬圓。」

二十六萬圓的大約一半……大約十三萬圓。

秀則不禁感覺口乾舌燥，趕緊嚥了一口唾液，同時再一次提醒自己保持冷靜。賠償十三萬就能解決這件事，已經算是不幸中的大幸了。得趕緊向教務主任報告才行……秀則想到這裡，腦海忽然浮現了兩年前某離職女教師的臉孔。

秀則跟那名女教師並沒有共事過，但因為是同一市內的教師，所以在研習會上見過幾次面，也曾經在教師的餐敘上同桌飲食。

當時那名女老師才剛任教第二年，有一次她為了寄賀年卡給所有自己班上的學生，將儲存了所有學生個人資料的USB記憶體帶回家，沒想到竟然搞丟了。那名女老師因為這件事而遭受懲戒處分，上頭的主管不斷向她追問遺失記憶體的來龍去脈，市教育委員會也將她叫去問話好幾次，搞到最後那女老師徹底精神崩潰。

秀則回想起那名女老師心力交瘁的模樣，不由得感覺到一股寒意自身體內側向上竄升。

——直接把水重新注滿，不要告訴任何人，或許不會被發現。

秀則凝視著畫面早已變暗的智慧型手機。

等到水道局寄來水費的帳單，一定會有人發現泳池的水不慎流失的事情。但是要查出泳池的水是在哪一天流失，卻沒有那麼容易。上頭的人只能發現水表數值異常，應該沒有辦法知道這件事情發生在哪一個老師值班的日子。

心臟劇烈跳動，令秀則感覺胸口一陣劇痛。秀則走出機械室，低頭望向游泳池。水位只比剛剛升高了一點點。沒錯，就這麼做吧。秀則如此說服自己。反正這一次的水費金額並不高，只要裝作不知道，或許事情不會鬧大……秀則想到這裡，偶然抬起頭來，看見游泳池的另一頭，學校正門的側邊有一座監視器。

秀則心中的期待瞬間萎縮。

——完蛋了。

雖然從那個角度應該拍不到游泳池的水量，但是自己在游泳池畔及機械室來來回回的可疑舉動，應該全都被拍了下來。

一旦水費出現異常，首先第一個被懷疑的對象一定是游泳池。如果沒有人出面自首，一定會有人提議調閱監視器紀錄。到時候查到自己是罪魁禍首，事情可就不會只用單純的「疏失」來解決了。造成市府損失，還蓄意隱瞞，一定會遭受嚴厲懲罰。

——既然一定會被揭穿，還是先自首吧。

秀則拖著沉重的步伐離開游泳池，垂頭喪氣地走向校舍的教職員出入口，換上校舍鞋，登上通往教職員辦公室的階梯。

來到辦公室門口，秀則停下腳步，低頭看著自己手中的游泳池日誌。負責值日的老師，一天之中必須填寫這本游泳池日誌三次，時間分別是早上、中午及傍晚離開學校之前。日誌內有一整排的確認項目，包含了「池水透明度」、「異物」及「排水閥」等。

日誌裡中午的那一欄，都已被自己打上了代表無異常的圈圈。

——只能怪我自己。

下午開完教職員會議後，秀則想要交出游泳池日誌，卻發現上頭的確認項目都還沒有填寫，於是不管三七二十一地全部打上了圈。

正因為排水閥的開與關常常會忘記，所以學校才會在游泳池日誌的確認項目之中加入這一項，不是嗎？

打開教職員辦公室的門，迎面吹來的一股冷風，令秀則感覺到一股寒意湧上心頭。嘴部肌肉異常僵硬，但是在走到教務主任的座位前時，口中還是反射性地說了一聲「打擾了」。

「教務主任，那個……」

「辛苦了。」

秀則原本想要指著日誌說明自己所犯的錯誤，沒想到教務主任竟然直接拿起日誌，看也沒看就在上頭蓋了章。

教務主任將日誌遞還給秀則，秀則下意識地伸手接過，說了一聲「謝謝」。

「教務主任。」

背後響起了另一人的聲音，教務主任轉頭朝聲音的方向望去。

「抱歉，請幫我看一下這個……」

另一名老師從斜後方湊了過來，秀則只好往後退了一步。不行，一定要現在自首才行。秀則在心中如此告訴自己。現在不說，就再也沒有機會說了。

剛剛走過來的老師正要與教務主任交談，瞥見秀則沒有離開，轉頭露出狐疑的表情。秀則不敢與他四目相交，急忙轉身做出要離開的動作。雖然心裡暗叫不妙，但這時不管要說什麼似乎都已太遲了。

當秀則回過神來，發現自己已經回到座位，低頭看著手中的日誌發呆。一旦池水流失的事情曝光，這本游泳池日誌肯定也會成為檢討的對象。下班前的最後一次確認明明還沒有填寫，教務主任卻已經在上頭蓋了章。到時候教務主任肯定也會被追究責任。「正因為管理鬆散，才會發生疏失。就算有再多防止疏失的確認文書，執行者如果便宜行事，沒有嚴格執行，還是沒有任何意義。」秀則已經可以預見將來肯定會出現這樣的譴責聲浪。但是到了這個地步，想再多也沒有什麼意義，秀則一咬牙，抓起桌上的原子筆，將所有的確認項目一一畫圈。然而畫到「排水閥」這一欄的時候，秀則還是忍不住停下了動作。

強烈的煩躁感，讓秀則忍不住站了起來。

走出教職員辦公室後，秀則遲疑了數秒鐘，決定進入廁所。秀則走進隔間裡，坐在馬桶上，蜷曲起了上半身，凝視著前端折成了三角形的捲筒型衛生紙。

應該現在立刻走回辦公室，向教務主任自首……

秀則的腦海正浮現這樣的想法，隔間的外頭卻突然傳來「砰」的一聲重響，令秀則嚇得肩膀抖了一下。

「哇，廁所裡頭未免太悶熱了吧。」

秀則一聽見那抱怨聲，便知道走進廁所裡的人是五木田。他是年紀和秀則相同的男老師。

「唔，肚子怪不舒服的。」五木田一邊咕噥，一邊走進秀則隔壁的隔間。不一會，秀則就聽見隔壁傳來排便的聲音。秀則心裡不禁感到有些尷尬。難道五木田沒有察覺隔壁間有人嗎？門是關著的狀態，應該不可能沒有察覺才對。可見得五木田不是不知道隔壁間有人，而是完全不在意。

秀則趁著五木田還沒有出來的時候，離開廁所，前往自己擔任班導的五年二班。敞開的窗戶不斷湧入蟬鳴聲，夕陽斜照在排列得整整齊齊的座椅上。

不知道為什麼，秀則不想進入那夕陽餘暉中，於是轉身背對窗戶。秀則來到走廊上，在洗手台洗了手跟臉，從口袋中掏出手帕，在臉上用力擦拭。稍微恢復了冷靜之後，秀則的內心產生了至少水費應該由自己全額賠償的念頭。沒錯，做人還是應該要誠實才對……秀則一邊想著，一邊抬起了頭。

就在這時，一張海報映入了秀則的眼簾。

〈關緊水龍頭，節約水資源！〉

這一排字的旁邊，還畫著一個男孩子，嘴角下垂，雙手在胸前比了一個叉。秀則霎時瞪大了眼睛，嚥了一口唾液，喉結上下晃動。

——如果能夠讓大家誤以為是其他地方的水沒關好……

沒錯，只要設法讓大家不要懷疑到游泳池就行了。說得明白一點，只要讓大家先找到另外一個可能造成水費增加的原因，真相或許就不會被揭穿。

秀則將拳眼抵在嘴邊，凝視著半空中，陷入了沉思。

如果水費的增加是因為漏水的關係，就不會有任何人被追究責任。例如可以在某處的水管動點手腳，在不會引人注意的前提下，造成極少量的漏水，然後聲稱「長期漏水導致水費暴增」……不行，這行不通。水道局每兩個月就會派人來查水表，但是自己並不清楚上一次查水表是什麼時候。如果漏水的流量太小，大家很可能不會認為那是造成水費多出十三萬的原因。

何況水管如果長期漏水，漏水部位的附近應該會出現腐蝕、變色之類的跡象。因此水道局的人一看，就會知道那漏水部位是最近才被人動手腳。

秀則用力搓揉眼睛的周圍，一邊思考著：還有沒有其他的辦法？有沒有什麼辦法能夠讓這件事情草草落幕，讓大家不會想要找出罪魁禍首？秀則以雙手摀著臉，瞪大了眼睛。

其實秀則的腦海，早已浮現了一個點子。

秀則沒有認真思考那個點子，單純是因為那個做法會讓身為教育者的自己感到良心不安。

然而如今秀則卻揚起了嘴角。光是想要隱瞞過錯的心態，就已經違背教育者的良心了，在這種時候還想要自命清高，根本沒有意義。

秀則如此自嘲，同時明顯感覺到自己的思緒正逐漸被那個點子吸引過去。看來那是唯一的方法了。那不僅是最單純的方法，而且是最沒有破綻的方法。

秀則緩緩放下了雙手。

——那個方法就是布置成孩子的惡作劇。

例如有某個孩子在放暑假的時候，到學校參加游泳課，那孩子抱著惡作劇的心態，轉開水龍頭之後沒有關上，就這麼回家去了。由於一直沒有人發現這件事，過了許多日子之後，已經難以追查到底是哪一個孩子幹的，也不知道確切的惡作劇日期是哪一天。

秀則將手伸進口袋裡。

當老師們得知事情是孩子幹的，就不會抱著一定要揪出凶手的心態。既然不追究凶手是誰，當然也不會有孩子受到傷害。自己或負管理責任的老師不會被要求賠償，也不會遭教育委員會嚴重警告。想得更遠一點，教育委員會也不會因為這件事，而遭外界批評沒有盡到監督教師的責任。

換句話說，沒有人會因為這件事情而變得不幸。

——或許類似的事情其實經常發生。

當這個念頭浮現在腦海的瞬間，秀則明顯感覺到自己的心態更加倒向掩蓋此事。

沒錯，過去一定早已發生過很多次類似的疏失。犯下過錯的老師當然不會每個都乖乖向上呈報。

如果賠償金額大到足以鬧上新聞，要加以掩蓋當然很困難，但是這次因為自己的疏失而流掉的水，充其量不過是一座游泳池的一半而已。

這件事情的最大問題，其實是因為學校的水費是由市民的納稅錢來支付。如果是在一般的私人企業，像這麼單純的疏失，頂多是被上司罵個幾句而已。

但因為浪費掉的是學校游泳池的水，犯錯的老師就必須要自己掏腰包賠償，在眾人的面前丟臉，而且還會影響考績。這麼不公平的作法，想必會讓很多犯了相同疏失的老師決定設法掩飾。

秀則有氣無力地掏出了智慧型手機。漆黑的手機螢幕上，映照出了一張表情空洞的男人臉孔。秀則幾乎是反射性地按下了電源開關。

問題是要讓一般的水龍頭流出半座游泳池的水，要花多久的時間？

秀則拿起了放在肥皂旁邊的一只老舊的牛奶空瓶。那牛奶空瓶原本是用來插學生們上下學時在路旁摘的花。後來花朵枯萎丟掉了，空瓶卻還是一直擺著。

秀則完全轉開水龍頭，同時啟動智慧型手機的馬表APP。在按下開始計時的同時，將牛奶空瓶放在水龍頭的下方。不到兩秒的時間，空瓶就已經滿了，秀則趕緊關掉水龍頭。

一只牛奶空瓶裝滿水，大約是兩百毫升……秀則正要進行計算，但轉念一想，又輕輕搖頭。數字不夠精確，放大之後一定會出現相當大的誤差。

——我到底在幹什麼？

秀則將濡濕的雙手在運動服的大腿處用力擦乾，接著以智慧型手機進行搜尋。不一會，就搜尋到了「將水龍頭完全打開，一分鐘的流量大約是二十公升」這個答案。

秀則於是再度啟動計算機APP，想要進行計算，卻發現自己並沒有記住一座游泳池的一半水量大約是多少水。

秀則無奈地走進教室，從桌子抽屜裡取出筆記本和原子筆，先寫下了「一分鐘二十公升」之後，重新拿出手機上網搜尋。但或許是因為使用的關鍵字不同，竟然找不到剛剛那個驗證游泳池水量流失意外的網站。

秀則懊惱地抓了抓頭，正不知如何是好，心中忽然驚覺不對，趕緊抬頭望向牆壁上的時鐘。

下午五點十三分……出來太久了，得回辦公室一趟才行。

秀則趕緊將智慧型手機及筆記本、原子筆塞進口袋裡，匆匆忙忙奔下樓梯。就在彎過樓梯轉角平台時，剛好看見校工鶴野走了上來。秀則朝他輕輕點頭，打了個招呼，想要通過他的身旁時，卻聽見他喊了一聲：

「千葉老師！」

這突如其來的呼喚聲，讓秀則的肩膀劇烈彈了一下。秀則勉強讓聲音維持不顫抖，轉頭應了一聲：「是。」

「你身為老師，可不應該在走廊上亂跑。」

秀則愣了一下，正要回應，鶴野卻笑了起來。「我開玩笑的啦。其實我是要告訴你，你的筆記本掉在地上了。」他說道。

「我本來想幫你撿，但因為我手裡拿著東西，不太方便。」

鶴野微微抬起兩隻手上的大量衛生紙。「沒關係。」秀則以沙啞的聲音說道：「謝謝你告訴我。」

——我到底在幹什麼？

秀則不斷在心裡提醒自己冷靜，但越是想要保持冷靜，心跳的速度反而越快，完全失去了控制。

秀則粗魯地抓起地板上的筆記本，將折到的頁面壓平。驀然間，看見了上頭的潦草字跡：一分鐘二十公升。

——對了，四百立方公尺的一半，所以應該是兩百立方公尺。

秀則想起了剛剛想不起來的數字。

兩百立方公尺就是二十萬公升。以一分鐘流出二十公升來計算，要花上一萬分鐘。一萬除以六十，再除以二十四，答案是六・九……也就是大約七天。當秀則回過神來，發現自己早已在筆記本的角落寫了大量計算式。那熟悉的景象，讓秀則的思緒稍微恢復了冷靜。

——要讓一個水龍頭流出兩百立方公尺的水，要花七天，也就是一個星期。

一個水龍頭開了一個星期的時間，任水流個不停都沒有人發現，這種情況就算是在暑假期間也不太可能發生。這麼說起來，比較合理的做法，應該是同時打開好幾個水龍頭。例如打開七個水龍頭，可以讓時間縮短成一天。

秀則的視線在半空中左右飄移。

——打開的水龍頭變多，被發現的風險當然也會提高，但我並不需要真的讓水流一整天。

打開水龍頭後，過一小段時間，就可以自己將水龍頭關掉，並且向其他老師宣稱自己是偶然聽見水聲，所以關掉了水龍頭。至於水龍頭是什麼時候打開的，只要聲稱自己也不清楚就行了。等到老師們得知了水費的金額之後，他們會自己用那個金額去推算打開水龍頭的時間。

沒錯，他們會自己將事情合理化。

秀則悄悄打開教職員辦公室的後門。才剛一腳踏入，登時感覺到一股冷風迎面撲來，裹住自己的全身。秀則做了一次深呼吸，才感覺呼吸變得順暢了些。

過了一會，秀則卻開始感覺頭痛、想吐，內心暗叫不妙。根據以往的經驗，這是中暑的初期症狀。

秀則趕緊打開冰箱，倒了一杯冰麥茶，一口氣喝乾。接著從架子上找到一小瓶食鹽，撒了一些在掌心，舔了幾口。嘴裡登時分泌出不少的唾液。同時秀則用力按摩眉心。

如果可以的話，好想躺下來休息一會。但如果被其他老師知道自己可能中暑了，他們一定會半強迫地要求自己立刻搭計程車回家。但游泳池的水還沒有注滿，無論如何不能在這個時候回家。

「咦？千葉老師，你還沒走？」

身旁忽然傳來說話聲。秀則吃驚地轉頭一看，原來是負責教美勞的伊東老師。

伊東老師有著相當深的教學資歷，而且富同情心、樂於助人。今年暑假因為有老師請產假的關係，學校裡人手不足，伊東老師主動答應幫忙，暑假期間幾乎每天都會到學校來。

「沒有課的話，為什麼不早點回家？」

「呃……我在找教務主任。」

「教務主任？他已經回家了。」

秀則聽到這句話，內心五味雜陳，既有點後悔，又有點鬆了口氣。

「你找教務主任有什麼事嗎？」

「沒什麼……」

「教師這一行要幹得長久，祕訣就是不管工作有沒有做完，時間到了就下班回家。」

此時有另外一名老師忽然笑著說道：「難怪伊東老師每天都準時回家。」

那老師接著又說了一句：「千葉老師，你偶爾也該學學伊東老師，早點回去吧。」

秀則不敢直接拒絕，只好回答：「好吧，我也差不多該走了。」走向更衣室的時候，秀則這才想起，在自己原本的計畫裡，今天本來就打算要早點回家。

秀則回想起從前有一次，自己和朋友討論聚餐的日期，朋友這麼問道：「國小放暑假的時候，你們都在做什麼？該不會你們也可以一個月不用去學校吧？」

秀則曾經在教職員辦公室裡，拿這件事和其他老師們閒聊，老師們紛紛露出苦笑，異口同聲地說：「我也被這麼問過。」世間對老師這個職業的誤解，成了老師們聊天時的最佳話題。

很多人都誤以為當學生放假時，國小老師就沒有事情做，但其實國小老師除了上課之外，還有堆積如山的工作要完成。

例如各種的研習活動，大多是安排在暑假期間。而且老師得趁放假的時候，為開學後將要舉辦的學藝會預做準備，以及研究教材、維護及保養教學上的各種教具及設備。而且像是暑假的游泳課，也是由老師們輪流帶班。一旦輪到擔任值日老師（像自己今天就是），還得負責接電話、接待訪客、餵食校園裡養的雞，以及控管游泳池的水質。暑假期間雖長，老師能放假的日子其實只有五天，而且有很多老師忙到連這五天也沒辦法請滿。

不過暑假對老師來說，也不是全無好處。至少在暑假期間，老師們比較有機會提早下班。為了避免宿醉導致明天早上起不來，秀則已為明天請了暑期特休。光從這一點，就可看出秀則原本有多麼期待今天晚上和朋友的聚餐。

但如今闖出了這樣的禍，秀則已對聚餐完全喪失了興致。

秀則以指腹按壓著隱隱作痛的太陽穴。

——算了，現在這種狀態，哪還管得了什麼聚會。

於是秀則確認走廊上沒有半點聲音之後，悄悄離開更衣室，走向教職員出入口。在這種非常時期，秀則懶得換鞋，直接穿著校舍鞋走向游泳池。就在打開通往泳池的鐵網門鎖時，秀則猛然察覺不對勁，全身登時僵住了。

——這水聲，實在是太大了。

嘩啦啦的水聲，刺耳到讓秀則不明白自己為什麼直到此刻才聽見。要是讓這聲音持續一整晚，一定會有人察覺異狀。

秀則趕緊奔了進去，關閉注水閥。水聲戛然而止，四周變得一片寂靜。對比之下，更加突顯出了剛剛的水聲有多麼響亮。

不過也因為這段時間一直把水量開到最大的關係，游泳池裡的水量已經恢復到一眼看不出異狀的程度。問題是入夜之後，附近完全沒有聲音，水聲會變得更加明顯，不能再像之前那樣全力放水。

秀則先觀察了一會周圍的動靜，接著才輕輕轉動注水閥。但是才轉了三十度左右，強大的水柱衝撞水面的聲音再度響起，秀則趕緊又將注水閥關閉。

——太危險了。

如果繼續注水，風險實在太高。

何況如果開著注水閥，自己先回家，半夜還得來將注水閥關閉才行。夜間的校園會啟動保全系統，沒有辦法輕易進入。當然要進入游泳池並不算太難，只要翻過鐵網牆就行了。但是在翻牆的過程中，難保不會被附近鄰居看見。

秀則放開閥門，一邊觀察周圍的動靜，一邊離開了游泳池。到了這個地步，如果直接回家，真的不會有問題嗎？水費暴增的事情，肯定是紙包不住火，為了避免夜長夢多，一定要趕快採取行動才行。

但是自己剛剛已經對伊東他們說了要回家，如果突然又開始巡視校園，偶然發現水龍頭沒關，未免太不自然了。

秀則左思右想，最後只能先離開學校再說。秀則傳訊息告訴朋友，自己突然身體不舒服，沒有辦法赴約，並在晚上七點半回到了自己的住處。

朋友馬上傳來了訊息，關心秀則的身體狀況，秀則不知道該如何回應，只好置之不理，將手機放在地板上。

秀則忍不住以雙手在頭上猛抓了一會，低頭看著纏繞在手指上的頭髮。

——一定要盡快想出解決辦法才行。

秀則走向壁櫥，拿出了一本筆記本。那是當初剛轉調到這所學校時，自己所寫的筆記本。為了盡快熟悉學校的地理環境，當時自己在筆記本裡畫了一張校舍的平面圖。

最關鍵的重點，就在於要利用哪裡的水龍頭，來執行計畫。

學生較有可能惡作劇的水龍頭，不是教室前的洗手台，就是廁所。但是那種地方的水龍頭要是持續大量流水，聲音一定會傳遍整條走廊。按照常理來推想，其他老師進出負責班級的教室時，一定會聽見水聲。

使用自然教室或家政教室的水龍頭如何？暑假期間，這些特殊教室往往好幾天無人進出，沒有人發現水龍頭開著似乎合情合理……不行，還是講不通。這些特殊教室平常都上了鎖，學生們不可能未經老師同意擅自進入。

想來想去，學生們較容易惡作劇，而且比較不引人注意的水龍頭，應該是在校舍以外的地方。中庭的廁所、飲水台、動物飼養區的水龍頭、體育館後頭的洗手台、體育館裡面的廁所……不對，體育館同樣上了鎖，學生無法輕易進入。

秀則在每一處水龍頭的位置畫上圈，接著又一一在圈上打叉。

飲水台的位置就在樓梯口附近，容易被人看見。體育館後頭的洗手台，剛好在教職員出入校園動線的視線範圍內，所以也不適合。至於動物飼養區，每天都會有值日的學生前來打掃，打掃時一定會使用水龍頭，所以也不可能連續好幾天都沒人發現。

整張圖幾乎已打滿了叉，秀則的心也涼了一半。

——只剩下中庭的廁所了。

秀則再一次檢視整張平面圖，以手指滑過每個角落。除了這些之外，還有沒有什麼地方有水龍頭，而且不容易引人注意？會議室沒有水龍頭，廣播室也沒有，配膳室沒有辦法隨意進出……

「啊！」

秀則發出了一聲驚呼。

「多功能廁所」這幾個字映入了眼簾。

這間多功能廁所只有在學校舉辦活動的時候，開放給訪客使用，平常幾乎不會有人進出。更何況現在是暑假期間，應該是更加不會有人使用才對。

秀則頓時感覺到一股暖流在胸腹之間油然而生。

——或許這就是天無絕人之路吧。

為了明天能夠盡早到學校，今天晚上應該要早點睡才對。但是秀則整個晚上輾轉難眠，不知不覺天已經亮了。

明明躺了一整個晚上，卻感覺全身疲倦無力，腦袋像是塞滿了乾棉絮一樣，完全沒有辦法好好思考事情。

換了幾班公車，在學校附近的站牌下車時，雖然還不到清晨六點，太陽已經相當刺眼。

明明是下坡路，秀則卻感覺步伐異常沉重。彷彿隨時可能雙腿一軟，就這麼滾下斜坡。

事情為什麼會演變到這個地步？

尚未營業的女裝服飾店的櫥窗玻璃上，映照出了一個駝著背的憔悴男人。一時之間，秀則幾乎認不出那個人就是自己。

早知如此，當初實在應該立刻自首才對。為自己的疏失誠實道歉，接受應得的處罰，從此提醒自己不能再犯相同的錯誤。

但如今事情已隔了一天，而且自己還在未經報備的情況下，擅自為游泳池注水。此時自首已經太遲了。

抵達學校之後，秀則走向教職員出入口，發現保全系統已經被解除了。

秀則嚇得縮起了肛門。

——不會吧？這麼早就已經有人先到了？

如果有老師已經先來了，要在神不知鬼不覺的情況下將游泳池注滿水，就會變得相當困難。

果然昨天晚上還是應該留下來把水注完再離開嗎……？

秀則有氣無力地走上階梯，幾乎抬不起手來推開教職員辦公室的門。但是一直站在這裡，也是無濟於事。秀則幾乎是以走向斷頭台的心情推開了門。

辦公室裡一個人也沒有。

電燈也沒有打開。不管怎麼看，自己都應該是第一個進入辦公室的人。

——果然是我想太多了。

現在的時間，比正常的教師到校時間還早了兩個小時。如果是在學期內，或許還有可能，但現在可是暑假期間。

多半是昨天晚上最後一個離開的老師忘記啟動保全系統吧。

秀則這才吁出了長長的一口氣。

這對自己來說，反而是再好不過的情況。自己來到學校時，發現保全系統沒有啟動，為了安全起見，於是在校園裡巡邏了一圈，發現有水龍頭沒有關上……這樣的說詞簡直是天衣無縫。

於是秀則按著依然悸動不已的心臟，拿了鑰匙，走向游泳池。緩緩轉開注水閥，確認開始出水後，轉身離開。再過一個小時，游泳池應該就會恢復至原本的高度。

秀則緊閉雙唇，小跑步回到辦公室。一進入辦公室，立刻奔向教務主任的桌子，拿起桌上的一整疊出勤表。將臉湊上去細細查看，尋找校工鶴野的名字。

在自己所擬定的計畫裡，負責校內清掃及整頓的鶴野是最麻煩的人物。要是選錯了水龍頭，鶴野可能會跳出來主張他在不久前才檢查過那水龍頭，並沒有任何異狀。因此要執行這個計畫，最好是挑選鶴野休假的日子。

但是一看出勤表，秀則才得知鶴野剛休完一個星期的假，昨天才開始上班，接下來要到下下星期才會放假，而且也只放一天而已。

——為了保險起見，是不是應該等到下下星期再動手呢？

但如果還沒等到下下星期，水道局就派人來查水表，那一切就完蛋了。而且以自己的精神狀態，實在沒有辦法等到下下星期。

看來還是得在今天採取行動才行……秀則想到這裡，眼角餘光偶然看見了保健室護理教師的名字。該欄位寫了三個「休」字，分別代表著前天、昨天及今天。秀則一看之下，猛然想到了一件事。

——對了！保健室旁邊的廁所，暑假期間幾乎不會有人使用！

而且既然護理教師這幾天都休假，就算水龍頭的水一直流而沒被人發現，也不是什麼奇怪的事情。

中庭的廁所、多功能廁所，以及保健室旁邊的廁所。如果能夠同時打開這三間廁所的水龍頭，時間就可以縮短至兩天半。等等只要有老師走進辦公室，自己就可以馬上告訴對方「我發現有水龍頭沒關，幸好趕緊關掉了」。接著只要再補上一句「多半是有學生惡作劇吧」，就可以在對方的心中留下先入為主的印象。

打定了主意之後，秀則立即轉身，走向保健室旁邊的廁所。一打開門，秀則又在心中暗叫了一聲好。

——這間廁所有兩個水龍頭！

秀則試著將兩個水龍頭都打開。果然不出所料，聲音相當響。秀則走出廁所，一邊遠離廁所，一邊仔細聆聽。走不到十公尺，聲音就聽不見了。

於是秀則走回廁所，將水龍頭關掉。嘴角不由得微微上揚。看來這招應該行得通。

秀則轉身走出廁所，接著走向多功能廁所。位置同樣在一樓，但是在校舍的另一頭。走進多功能廁所內，同樣打開水龍頭。或許是因為檯面材質與走廊洗手台不同，竟然聲音並不大。秀則快步走出廁所，一邊聆聽一邊退後。一、二、三、四、五……走不到五公尺，聲音已細不可聞。再走兩步，聲音就完全聽不見了。

緊接著秀則趕往了中庭的廁所，衝向水龍頭。但或許是流速閥沒有調整好，這裡的水龍頭水流相當小。就算把水龍頭完全轉開，也只是勉強能夠洗手的程度。這樣的流速，絕對不可能達到每分鐘二十公升。

秀則皺起眉頭，但旋即輕嘆了口氣。

——算了，沒關係。

反正這裡也只是備胎而已。保健室旁邊的廁所有兩個水龍頭，應該綽綽有餘。要是剛剛沒有想到保健室旁邊的廁所，直接到這間廁所來，看見這種情況，應該會崩潰吧。

想到這一點，秀則便覺得自己的運氣其實並不算太差。昨天晚上保全系統剛好沒有啟動，保健室的護理老師剛好從前天就連續請假好幾天，保健室旁邊的廁所剛好有兩個水龍頭，而且校工雖然昨天有來學校，但前天請了假，跟其他的日子比起來還是比較有可能沒注意到水龍頭的事。

——果然應該在今天把事情解決。

秀則關掉了發出吱吱聲響的水龍頭。

開場白該怎麼說呢？「大事不妙了，竟然有水龍頭沒關」……這好像有點太誇張了。畢竟在我關掉水龍頭的時候，我應該不知道水龍頭的水已經流了很久。所以語氣應該要輕描淡寫，就像是隨口閒聊的時候剛好提到一樣。「剛剛我發現有水龍頭沒關，所以順手關掉了，不曉得是什麼時候被人打開的」……沒錯，應該像這樣故意提問，讓對方自己思考。接下來最好在閒聊的過程中，引誘對方向教務主任報告……等等，今天最早到學校的老師會是誰？應該不是教務主任，就是值日的老師吧？今天的值日老師是誰？

秀則決定回辦公室確認一下，於是走出了廁所。

沒想到眼前突然閃過一道人影，讓秀則嚇得差點尖聲大叫。幸好秀則勉強忍住，才沒有叫出聲音來。那道人影忽然一個俐落地轉身，說道：

「咦？千葉老師？」

站在眼前的人物，竟然是五木田。

——果然已經有老師到學校了。

而且偏偏是這個傢伙。

五木田是學校裡唯一與秀則年紀相同的男老師，但秀則完全不知道該怎麼與他相處。不，或許正因為是相同年紀的男人，所以才處不來吧。五木田這個人說話相當輕浮，給人一種捉摸不透的印象。學校裡的老師們習慣互稱「老師」，但唯獨五木田這個人口中的「老師」，聽起來的口氣像是高中生在嬉鬧。

「你怎麼來得這麼早？」

「呃，是啊……五木田老師，你呢？為什麼來得這麼早？」

除了這麼反問之外，秀則實在不曉得該怎麼回答。

「我嗎？」

五木田伸長了脖子，湊向秀則說道：

「我老婆吵著要離婚，把我趕出家門。我沒有早餐可以吃……」

五木田伸出雙手，手上各抓著一顆雞蛋。他朝動物飼養區抬了抬下巴，接著說道：

「剛好學校裡的雞生了蛋。」

「咦？」

秀則驚愕得瞪大了眼睛。

「你確定沒問題？」

「只要別生吃，應該沒什麼問題吧？」

五木田一派輕鬆地說道：「最好的吃法，還是荷包蛋吧？」

「我不是那個意思……」秀則有氣無力地說道：

「我指的是你跟你太太鬧翻，你確定沒問題？」

「當然有問題。」

從五木田的表情，完全看不出來他覺得有什麼問題。

「我可是很愛我老婆的。」

秀則聽五木田這麼說，也只能應了一聲「噢」。

「因為我太愛她，所以我在她的面前完全抬不起頭來。就像我剛剛說的，我可不是離家出走，是被她趕出了家門。你不覺得這很符合我的風格嗎？」

「既然你這麼愛他，怎麼會鬧到要離婚？」

「呃……因為這個。」

五木田一邊說，一邊舉起兩手，做出招財貓的動作。

「這是什麼？」

「看不出來嗎？馬兒呀！」

——馬兒？

秀則一聽，更是感覺全身虛脫。

「賭馬？」

「我沒跟你說過嗎？賭馬是我唯一的興趣。」

「你上次說，你的興趣是打桌球。」

「我說過那種話？」

正是這種說話的調調，讓秀則感覺自己跟這個人很難合得來。

「我老婆逼我把賭馬戒掉，但是你也知道，興趣這種東西可不是說戒就能戒得掉。」

五木田嘿嘿笑了兩聲，似乎完全不放在心上。

「像我前天，就虧了三十萬。」

「三十萬？」

我察覺自己的聲音在發抖。

「一天嗎？」

「要是讓我認真起來，再多也輸給你看。」

五木田炫耀起了莫名其妙的事情。秀則不禁感到頭疼不已。天底下怎麼會有這種人？秀則忽然感覺自己這兩天都在做毫無意義的事。

如果是眼前這個男人不小心讓游泳池的水流掉，他一定會選擇乖乖自首並且道歉吧。而且在事情結束之後，他一定不會覺得自己有所損失，當然也不會為此受到傷害。

「我老婆早就為我賭馬的事罵過我了，但這是她第一次說要跟我離婚。」

「你賭馬輸了三十萬，怪不得你太太說要跟你離婚。」

「我只對我老婆說輸了五萬。」

「五萬？」秀則又愣了一下。

「怎麼會說出這種說高不高、說低不低的金額？」

「是啊，很奇怪吧？」五木田的口氣簡直像在評論別人的事。天底下怎麼會有這種人？秀則的腦袋再度浮現這樣的想法。五木田轉頭邁開步伐，秀則於是跟隨在他的身後。五木田並沒有回頭，卻突然揚起了嘴角，說道：

「千葉老師，我覺得你這個人真的是太老實了。你昨天跟朋友聚餐，應該喝了不少酒吧？反正今天又沒有課要上，為什麼不請假在家裡好好休息？」

為什麼你會知道我昨天跟朋友聚餐？秀則正想問出這句話，猛然想到那是因為自己曾經在辦公室裡跟大家提過。心中一方面後悔當初說了那些話，一方面內心又產生一種類似遷怒的懊惱情緒。為什麼這傢伙會連日期也記得一清二楚？

「呃……我沒趕上末班電車，所以在朋友的家裡睡了一晚。他早上很早起床，害我也跟著得早起。」

「但我看你氣色不太好，是宿醉嗎？」

——果然參加聚餐的隔天一大早就到學校，容易引人疑竇。

「是啊……還有一點睡眠不足。」

秀則一邊回答，一邊在心裡盤算著，等等到了教職員辦公室，得趁這傢伙不在的時候，偷偷修改出缺表。要是被人知道自己今天原本請了假，一定會更加引來懷疑吧。

「既然是這樣，為什麼不回家先睡一覺？」

「……要是回家睡覺，我大概就爬不起來了。」

「要是我的話，一定會毫不猶豫選擇睡覺。」

五木田的口氣帶了三分取笑的意味，令秀則不禁有些惱怒。但聽到「睡覺」這兩個字，秀則忽然靈機一動，說道：

「而且回家睡一覺再過來，太花時間了。與其回家睡，不如到保健室的床上睡，比較節省時間。」

「啊，這麼說也有道理。」

「對了……」

秀則舔了舔嘴唇，接著說道：

「我躺在保健室裡，一直聽見水的聲音。」

「真的假的？聽起來像是校園鬼故事。」

五木田忽然轉過頭來，顯得相當感興趣，態度與剛剛完全不同。兩人四目相交，秀則登時一顆心七上八下。「不是什麼鬼故事啦。」秀則趕緊說道。「噢，那就沒意思了。」五木田露出一臉興致索然的表情，又將臉轉向前方。

此時兩人剛好走到了教職員出入口，五木田以靈巧的動作將兩顆雞蛋在左右手移動，拿起校舍鞋換上。秀則怕他就這麼擅自結束話題，趕緊接著說道：「我覺得很奇怪，不曉得那聲音是哪裡來的，所以起來到處查看。結果我發現保健室旁邊廁所的水龍頭沒有關。」

「噢。」五木田隨口應了一聲，一副漠不關心的態度，自顧自地走向辦公室。秀則快步上前，走在五木田的身旁，接著說道：

「那水龍頭不曉得是從什麼時候就沒關。要是已經流了好幾天，水費應該相當可觀吧。」

秀則見五木田毫無反應，只好設法誘導他的想法。五木田將兩顆雞蛋放在同一隻手上，像轉鐵膽一樣轉動起來，嘴裡咕噥著「挺不容易呢」。雞蛋差一點摔在地上，五木田嚇得尖叫一聲。

「哇，真是好險。」

「為了保險起見，我在中庭裡巡視了一圈，發現還有其他兩個地方的水龍頭也沒關。一處是多功能廁所，還有一處是中庭的廁所。你剛剛不是看見我從中庭的廁所走出來嗎？當時我才剛把水龍頭關上。」

由於想要交代清楚的事情不少，秀則下意識地加快了說話的速度。

「中庭廁所的水龍頭不曉得已經開著幾天了，或許該把這件事情告訴教務主任……」

「為什麼?」

秀則還沒有說完，五木田忽然這麼問，讓秀則一時語塞，不知如何回應。

「呃……這種事情，不是應該讓教務主任知道嗎?」

「話說回來，你為什麼要巡視校園?」

五木田一邊問，一邊走到辦公室角落的瓦斯爐前，拿起沙拉油，在平底鍋內快速倒了一圈。

「呃，那是因為……」

為什麼他會問這個問題?秀則心中驚惶，視線也不由得在半空中左右飄移。

「我擔心如果是有人惡作劇，或許其他地方的水龍頭也被打開了。」

「為什麼你會認為是惡作劇?一般看見水龍頭沒關，應該只會認為有人忘記關，不是嗎?」

「那是因為……」

這傢伙到底是怎麼回事?為什麼會在這種細節上鑽牛角尖?

「兩個水龍頭都被人打開了，而且是全開的狀態。那看起來不像是有人忘記關。」

「噢，原來如此。」

五木田欣然接受了這個回答，同時拿起長筷子，攪拌起平底鍋內的蛋液。攪了兩下，他忽然一臉驚愕地皺眉說道：「哎喲，我在幹什麼？不是說要煎荷包蛋嗎？」

秀則看著五木田的側臉，等待了數秒，五木田沒有再說任何話。秀則本來想要嘲諷一句：「就這樣？」但擔心他又問出什麼鑽牛角尖的問題，因此決定什麼話也不說。反正該說的話都已經對他說完了，等等其他老師來了，就算自己再說一次完全相同的話，也不會顯得不自然。

就在秀則決定轉身離去的時候……

「千葉老師！」

五木田一邊搖晃著平底鍋，一邊喊了一聲。秀則愣了一下，停下腳步問道：

「……怎麼了嗎？」

「你要吃炒蛋嗎？」

五木田關掉火，以單手舉著平底鍋，朝秀則湊來。秀則見了他那悠閒自在的表情，這才放鬆了原本緊繃的身體。

「不用了。」

「你不吃嗎？」

五木田歪著頭說道。秀則再度轉身，走向自己的座位。

但是秀則才剛把手放在座位椅背上，五木田又說話了。

「話說回來，那會是誰做的？」

五木田的口氣就像是在說著一件無關緊要的閒事。秀則登時又繃緊了神經，以盡可能平淡的口氣應了一句「這我也不清楚」，同時坐了下來。

「多半是暑假來上游泳課的學生吧。但是要找出是哪一個孩子，恐怕相當困難。」

「不，絕對不可能是學生。」

五木田想也不想地說道。「咦？」秀則錯愕地抬起了頭。只見五木田一手拿著平底鍋，一手拿著長筷子，直接將炒蛋夾進嘴裡。「昨天上完游泳課之後，就再也沒有學生進入校園了。」

秀則感覺到自己的臉頰正在微微抽搐。

「或許是上游泳課之前的事……搞不好水龍頭在前天就被打開了。」

「不可能。」

五木田回答得斬釘截鐵。秀則聽他說得充滿自信，內心登時有股不好的預感。為什麼他可以說得這麼肯定？

「你怎麼知道……？」
「昨天中午，鶴野才剛打掃過全校的廁所。」
秀則一聽，頓時感覺到胸口彷彿壓了一塊大石。
——不會吧？
「校工昨天打掃過全校的廁所？」
「大概吧，我猜的。」
五木田輕輕聳肩說道：
「其實我也沒有親眼看到，只是昨天傍晚的時候，我到教職員辦公室前面的廁所大便，看見捲筒型衛生紙的前端折成了三角形❷。既然要打掃廁所，應該會全校的一起打掃才對。」
——這麼說起來……
秀則這才想起昨天自己也看見了前端折成三角形的捲筒型衛生紙，而且還遇上了兩手捧著大量衛生紙的鶴野。

❷日本的廁所清潔人員習慣在打掃完廁所後，將捲筒型衛生紙的前端折成三角形，代表「這間廁所才剛清潔完畢，還沒有人使用過」。台灣有些飯店也採用類似做法。

「而且鶴野在昨天之前請假了非常多天。照常理來想，剛上班的第一天，應該會把衛生紙之類可能已經用完的消耗品補一補。」

五木田說到這裡，又補了一句：「不過反正這只是小事啦，水費什麼的根本不需要太在意。」秀則的腦海裡不斷迴盪著五木田這幾句話。怎麼辦？現在該怎麼辦才好？

——還能說什麼地方的水龍頭沒關？

飼養區旁邊的水龍頭已經不可能了，出入口旁邊的飲水台剛剛才經過……算了，到了這個地步，就不要管學生有沒有辦法輕易進入了。總之找個就算打開水龍頭也不太會被人發現的地點吧。自然教室如何？不行，眼前這個男人正好就是自然科老師。還是美勞教室？也不行，伊東老師昨天才來學校。家政教室呢……對了，家政科老師第一學期末[3]才剛請產假。

「我想起來了，還有家政教室的水龍頭也沒關。」

「家政教室？千葉老師，你真的巡視過校園嗎？」

五木田的嗓音帶著三分錯愕，以及七分的取笑。秀則到了這個地步已經騎虎難下，只好應了一句「當然」。「你巡視了哪些地方？」五木田接著問道。

「呃……就把整個學校都看了一遍。例如中庭的廁所，還有體育館什麼的。」

「結果你發現家政教室的水龍頭也沒關？但是家政教室的門一直是鎖上的，可見得打開水龍頭的人一定不是學生。」

「呃……對，你說得沒錯，我沒有想到這一點。」

秀則的聲音變得極為沙啞。

「總之我看見水龍頭沒關，不知道是誰開的……」

「什麼時候？」

「咦？」

「什麼時候看見的？」

——他為什麼會問這個問題？

秀則感覺到背上冒出了涔涔汗水。到底該怎麼回答，才最沒有破綻呢？根據之前的對話，早上自己原本是在保健室裡睡覺，後來聽見廁所傳來水聲，所以才決定在校園裡巡視。既然如此，發現家政教室的水龍頭沒關的時間一定是在那之後。

❸日本的學校通常採三學期制，暑假在第一學期及第二學期的中間。

「我也不清楚正確的時間，只知道是前往中庭廁所之前，所以大概是十分鐘之前吧。」

「十分鐘之前？」

五木田不知為何竟轉過頭來，目不轉睛地看著秀則，重複了秀則的話。一股不好的預感，在秀則的胸口迅速擴散。

「我說過，我不清楚正確的時間，這只是大概而已。」

秀則趕緊如此強調。五木田忽然轉過頭，將視線移回平底鍋上，一邊拿起醬油瓶，一邊呢喃說道：「果然只加胡椒鹽不太夠味。」

這傢伙到底想表達什麼？秀則的腦海剛浮現這樣的疑問，五木田又開口說道：

「騙人的吧？」

只見五木田正把醬油淋在炒蛋上，說得若無其事。

相較之下，這句話對秀則而言，簡直有如晴天霹靂。

「為什麼這麼說？」

秀則勉強擠出了這句話。

五木田拿起醬油的瓶子說道：

「我吃蛋喜歡淋醬油，但是這裡沒有。大約二十分鐘前，我才去家政教室拿了醬油瓶，那時候水龍頭還關得好好的。」

「那大概是因為……」

秀則的視線左右飄移，猛然想到一個藉口，趕緊說道：

「水龍頭只開了一點而已，所以水流很小，沒有仔細看是不會發現的。」

「千葉老師，我勸你還是投降吧。」

五木田苦笑著說道。秀則一時惱羞成怒，氣呼呼地說道：

「是你自己沒有仔細看……」

「那根本不是重點。」

五木田伸出食指，說道：

「千葉老師，其實你今天早上根本沒去家政教室吧？」

「你憑什麼這麼說……」

「事實勝於雄辯。」

五木田說得煞有介事，同時轉身走出辦公室，來到走廊上。秀則見他邁開大步前進，只好跟在他的後面，心中的不安迅速膨脹。這男人到底想要表達什麼？難道自己真的犯了什麼重大的錯誤嗎？

五木田用力拉開了家政教室的門。秀則登時倒抽了一口涼氣。

家政教室內的工作檯上，擺著大量的縫紉機及瓦斯爐。

「我猜大概是伊東老師昨天在這裡保養家政課的上課教具吧。」

五木田一邊說，一邊走向縫紉機。那機器的旁邊放著一份攤開的檔案夾，五木田將檔案夾拿了起來。檔案夾的封面寫著「家政教室教具」。

秀則這才想起，身為老師必須趁暑假期間完成上課教具及設備的維護及保養。

家政老師請了產假，所以很可能是熱心的伊東老師代為做了這件事。

「一天應該沒有辦法完成，所以伊東老師今天多半也會繼續做這個工作。就算水龍頭沒關，一定也會被伊東老師關掉。」

五木田將檔案夾放回桌上。

——一定要趕快想個理由才行。

秀則拚命張開顫抖的雙唇。

「或許是伊東老師離開之後，水龍頭才被人打開……要不然就是伊東老師也沒發現水龍頭的水沒關。」

「在這裡做了那麼多事情，卻沒有察覺水龍頭沒關，你覺得有可能嗎？」

秀則聽了五木田那啼笑皆非的口氣，霎時感覺臉頰發燙。雖然自己也覺得這樣的說詞很愚蠢，但如今也只能硬著頭皮堅持下去。

「是真的，我看見那座流理台的水龍頭沒關。」

秀則故意指向家政教室最角落的流理台。「哪一座？」五木田走了過去，探頭往流理台內看了一眼。

「裡頭是乾的，完全沒有水。」

「大概是乾掉了吧。」

才短短十分鐘的時間，就會乾掉？秀則原本以為五木田會這麼問，沒想到五木田只是「噢」了一聲，沒有再開口說話，轉身走向教室門口。秀則不禁大感納悶。為什麼他沒有繼續反駁？

沒想到下一秒五木田忽然轉過頭來，揚起了嘴角，露出賊兮兮的笑容，說道：

「千葉老師，你剛剛沒有發現嗎？這間家政教室並沒有上鎖。不管是我自己來的時候，還是剛剛我們一起進來的時候，都沒有上鎖。」

——沒有上鎖？

一時之間，秀則不明白教室沒上鎖會有什麼問題。沒上鎖不是更好嗎？這樣就沒有辦法排除學生進來惡作劇的可能性……秀則想到這裡，驟然倒抽了一口涼氣。

〈家政教室的門一直是鎖上的，可見得打開水龍頭的人一定不是學生。〉

〈呃……對，你說得沒錯，我沒有想到這一點。〉

這是兩人剛剛的對話。如果自己真的來過家政教室，一定會知道家政教室並沒有上鎖。但是剛剛五木田說出「家政教室的門一直是鎖上的」這句話時，自己並沒有反駁。

——原來那句話根本是陷阱。

「千葉老師，為什麼你從剛剛到現在一直在說謊？」

五木田問道。秀則一時不知如何回應。

「為什麼你要說謊騙我水龍頭開了沒關？」

五木田壓低了聲音說道：

「當然這有很多種可能，或許你想要陷害某個學生，或許你想要讓大家以為這三間廁所從昨天到現在都沒有人使用，也或許你想要製造一個新的校園鬼故事。」

五木田一邊說，一邊折彎手指。最後他凝視著秀則，說道：

「你剛剛很乾脆地放棄了『學生惡作劇』這個可能性，可見得你應該不是故意想要陷害某個學生。難道你是想要讓大家誤以為三間廁所都沒有人使用嗎？這聽起來是相當耐人尋味的有趣理由，但你在廁所的部分被我推翻之後，立刻又說家政教室也有水龍頭沒關，可見得你並不特別拘泥於那三間廁所。難道你是想要製造校園鬼故事嗎？這理由聽起來更加好玩了，但我想依你的個性，不會為了這種理由，死纏爛打到這種程度。」

接著他又將手指一根根扳開，全部扳開之後雙手合十，一邊規律地將兩隻手掌互相摩擦，一邊說道：

「排除了這些理由之後，我推測你的目的更加單純得多，那就是要讓大家認為水龍頭流掉了很多水。」

秀則一句話也沒有辦法反駁。此時明明應該全力否定，卻一句話也說不出來。

「問題是你為什麼要這麼做？你並不是真的讓水流掉，只是想造成大家的誤解而已。老實說，這麼做的意義相當有限。」

五木田說到這裡，沒有再說下去。

兩人之間陷入了一片沉默。窗外不斷傳來蟬鳴聲。秀則嚥了口唾液，心裡不斷思索著現在該怎麼辦才好。到了這個地步，乾脆乖乖承認自己撒了謊，讓五木田不再追究。至於游泳池的事，只能另外再想辦法了。

「你是不是不小心讓游泳池的水流掉了？」

秀則的喉嚨發出了一聲輕響。這樣的反應，等於是坦承五木田的推測並沒有錯。但畢竟這種身體的反應，沒有辦法完全靠意志來控制。

「看來我猜對了。」五木田開心地說道。

「我為什麼會猜得到？千葉老師，你還記得嗎？剛剛我問你巡視了哪些地方，你完全沒有提到游泳池。那不是很奇怪的一件事嗎？現在是暑假期間，最常有學生進出的地方，就是游泳池。何況昨天的值日老師就是你，綜合這兩點，答案就很明顯了。」

秀則聽著五木田侃侃而談，全身有一股莫名的虛脫感。

——完全被看穿了。

到了這個地步，繼續裝傻也沒有用了。不知道為什麼，秀則忽然有種彷彿一切都事不關己的奇妙感覺。一個為了圓謊而不斷撒謊，有如作繭自縛的男人，在五木田的眼裡，一定相當滑稽吧。

在遇上五木田之前，秀則還以為自己運氣不錯。如今回想起來，只能以愚蠢可笑來形容。運氣不錯？在眼前這個男人的面前，就算有再多的運氣也不夠。

既然昨天校工才打掃過所有的廁所，或許打從一開始，「聲稱水龍頭流了好幾天」就是個注定失敗的計畫。但是自己的苦心布局竟然被眼前這個男人徹底看穿，還是讓秀則感到相當懊惱。

「你流掉了多少錢的水？」

「大概整個游泳池的一半，十三萬左右吧。」

「你也真是夠倒楣了。」

五木田以略帶調侃的口吻說道。秀則嘆了長長一口氣。

「……我知道自己很傻，你可以老實說出來沒關係。」

「傻？什麼意思？」

五木田的這句話，讓秀則一時摸不著頭緒。秀則抬起頭來，只見五木田露出一臉錯愕的表情，歪著腦袋說道：

「我覺得你很聰明，一點也不傻呀。」

「咦？」

「如果是我遇上同樣的事情，絕對想不到你這個方法。我若不是自首，就是什麼也不說、什麼也不做，最後狠狠挨一頓罵。」

秀則雖聽他這麼說，卻一點也高興不起來。因事實證明自首才是正確的做法。

「我非常佩服你，真的。原來還有這樣的手段。」五木田不知為何竟對秀則讚不絕口。「真虧你能想出這樣的點子。沒錯，確實有道理。只要讓別人先找到其他的原因，真正的原因就會被忽略。」

五木田歡喜讚嘆不已。

秀則不由得眨了眨眼睛。這是怎麼回事？這個男人好像真的非常佩服自己。

——他真的沒有瞧不起我嗎？

「只能說你運氣太差，挑上了廁所和家政教室的水龍頭。不過從另外一個角度來想，你也算是很幸運，因為你還沒有把這些話告訴其他老師。」

「但是我已經找不到更合適的水龍頭了……」

「改成自然教室如何？」

五木田以一副理所當然的口吻說道：

「最近這幾天，除了我之外，沒有人進過自然教室。我可以告訴大家，今天我去自然教室，想要檢查教具的時候，發現教室的門沒有鎖，而且裡面的水龍頭沒有關。」

秀則不由得瞪大了雙眼。他……他說這些是什麼意思？難道他想要幫助我？

「這……這樣好嗎？」

「自然教室的水龍頭沒關，由我來說比較不容易讓人起疑。而且我已經好一陣子沒值日了，其他老師也比較不會把水龍頭的事和游泳池聯想在一起。」

五木田呵呵笑了起來。秀則驀然感到胸口一陣灼熱。果然我的運氣不錯，幸好是被他發現。

秀則誠心誠意地向五木田道謝。「不用客氣。」五木田淡淡地回應道。

「那我先去自然教室製造出一些證據吧。」五木田一邊說，一邊關上家政教室的門。「啊，對了……」他忽然朝秀則轉頭說道：

「千葉老師……游泳池的水，你已經放滿了嗎？」

「應該差不多了，我正打算要去關掉。」

「氯呢？放了嗎？」

「啊！」秀則愣了一下，說道：

「……還沒有。」

經五木田這麼一說，秀則這才想起，每次上游泳課之前，老師都會先測量殘氯濃度。如果沒有重新加氯下去，到時候一測量，一定會發現數值異常。

「好險我提醒了你。」

五木田按著胸口，做出整個人往後仰的動作。

「既然是這樣，那我去幫你加吧。千葉老師，你這兩天最好不要靠近游泳池，免得引來懷疑。」

「謝謝你，真的是幫了我大忙。」

「千葉老師，你記得要把自然教室的水槽沾濕。如果又像剛剛一樣是乾的，那可說不過去。」

「好。」秀則應了一聲，再度感覺臉頰發燙。一想到未來可能會被他一再拿這件事情來嘲笑，不禁感到心情有些鬱悶。

話雖如此，畢竟五木田幫了大忙。在秀則的心中，感謝之情還是大過一切。多虧了五木田，這件事情或許能夠順利落幕。

看著五木田踏著輕快的步伐走向游泳池，秀則不由得垂下了頭。

由於正值暑假期間，其他老師都是將近八點才到校。

老師們紛紛向秀則道早安，秀則一一以早安回應，眼睛頻頻瞥向五木田。但是五木田一直自顧自地對著電腦打字，完全沒有起身的意思。

——難道他不打算現在採取行動嗎？

秀則只覺得一顆心七上八下。但是仔細想想，一大清早就去自然教室，確實不太自然。或許五木田是打算在最自然的狀態下，發現水龍頭沒關吧。

五木田一直沒有採取行動，過了一會，教務主任及校長也都到了，進入了晨會時間。由今天的值日老師擔任主席，開了沒多久，就宣布散會。

就在這時，只見五木田拿著檔案夾站了起來。秀則心想，那檔案夾應該就是自然教室的教具清單吧。他接下來應該會以非常低調的動作走向自然教室。

這下子終於可以安心了。秀則的腦袋雖然這麼想，但不知道為什麼，就是感覺一顆心忐忑不安。好希望趕快結束這一切。

不一會，五木田竟然又走回了座位，令秀則忍不住想要咂嘴。到底在幹什麼？為什麼還不採取行動？

就在秀則打算站起來的時候……

「糟糕了！」

今天的值日老師一邊大喊，一邊奔進了教職員辦公室。

「我剛剛到游泳池一看，排水閥竟然是開的，而且還在注水！」

秀則嚇得差一點叫出聲音來。

——這不可能！

怎麼會發生這種事？昨天自己明明將排水閥關掉了，而且今天早上也確認過……

秀則的視線反射性地投向五木田。

大約一個半小時前，五木田才剛去過游泳池。如果游泳池真的有什麼異狀，為什麼五木田沒有察覺？為什麼他沒有趕緊告知……原本背對著秀則的五木田，此時忽然轉過身來。就在兩人四目相交的瞬間，五木田揚起了嘴角。

秀則瞪大了眼睛，全身動彈不得。

——我看到了什麼？

剛剛五木田好像笑了？

難道五木田早就知道排水閥又開了？不，不對！既然排水閥是開啟的狀態，可見得在今天早上自己確認之後，一定有人悄悄打開了排水閥。

這代表什麼意思？

「昨天的值日老師是誰？」
不知是誰的說話聲，聽起來異常模糊不清。
——五木田，是你幹的嗎？
這是唯一的可能。從時間上來看，這是唯一合理的推測。
但是……五木田為什麼要這麼做？他明明答應要幫忙……
〈原來還有這樣的手段！〉
驀然間，五木田當初說過的話浮現在腦海。
教育委員會在對外公布校園疏失的時候，只會公布疏失人員的校名、年齡及性別，並不會公布名字……
秀則霎時感覺後腦勺彷彿被人敲了一記，眼前金星亂冒。
原來……五木田不僅佩服，而且還把這個「手段」據為己用。
自己的計畫，給了五木田一個啟發。
只要讓別人先找到其他的原因，真正的原因就會被忽略。
——賭博輸的錢，只要讓老婆以為是拿去賠償水費就行了。
不知是誰喊了一聲「千葉老師」。秀則聽不出那是誰的聲音，也聽不出那聲音來自何方。

〈你賭馬輸了三十萬，怪不得你太太說要跟你離婚。〉

〈我只對我老婆說輸了五萬。〉

——原來如此。

十三萬的水費，對五木田來說還不夠多。

他假裝要幫忙，其實是為了再度打開排水閥，增加需要賠償的水費。

秀則凝視著五木田。

雖然張開了口，卻不知道該說什麼才好。就算逼問他，他也絕對不可能承認。

如果把這件事情說出去……自己企圖掩蓋疏失的部分也會曝光。

五木田輕輕巧巧地站了起來。此時秀則唯一能做的事，就是注視著他。

那賊兮兮的笑容，讓秀則彷彿聽見了五木田的聲音：「不用客氣。」

# 忘卻

忽然湧上心頭的一陣噁心感，讓武雄反射性地摀住了嘴。

武雄趕緊以另一隻手掏出手帕，蓋住整個口鼻。但即使這麼做，依然會聞到那強烈的臭氣。

武雄轉頭望向身邊，妻子同樣露出一臉痛苦的表情。果然她也聞到了這股臭味吧。武雄心裡想著，但又悶又熱的痛苦感受已經剝奪了武雄理性思考的能力。

「妳還好嗎？」

「嗯……」

妻子發出了不知是回應還是呻吟的聲音。

「總之我們先出去吧。」

武雄在妻子的背上輕輕一推，妻子那骨瘦如柴的身體搖搖晃晃地動了起來。

兩人走出屋子，來到馬路的對面。兩旁站滿了住在附近的街坊鄰居，每個人都有著相同的姿勢、相同的表情。夫妻兩人也擠進了人群之中。

路上停著數輛警車，每一輛警車的車頂都閃爍著紅色警示燈。好幾名戴著口罩的警察不停地忙進忙出。兩人默默地看著這幅不尋常的景象。

「真是可憐。」

不知何處傳來夾帶著嘆息的呢喃聲。

「聽說是中暑。」

另一道聲音回應著。「只能說最近真的太悶熱了。」

警察搬出了一團包裹在藍色塑膠布❹裡的東西。在這棟老舊的灰泥牆都已發黑的木造公寓裡，那塑膠布的鮮豔藍色顯得特別刺眼。

這副景象平常只有在電視新聞上才能看得到，一點真實感也沒有。然而強烈的臭氣卻讓武雄深刻體會到這是千真萬確的現實。就算改用嘴巴呼吸，還是覺得噁心。

周圍不斷有人低聲交談，武雄聽見有人說了一句「孤獨死❺」。

「笹井的兒子不是就住在附近嗎？」

「不久前我才跟他兒子打過招呼呢。聽說發現的人正是他兒子。」

「明明有家人，卻還是發生這種事？」

---

❹日本的警察在處理有人員傷亡的案件時，通常會以藍色塑膠布將案發現場或遺體罩住，以避免被非相關人士看見或攝影。

❺指過著獨居生活的人，在死亡經過一段時間之後，遺體才被人發現的情況。這個詞源自日本，近年來在台灣也引發話題。

妻子一臉木訥地站著不動，什麼話也沒說。武雄低頭看著腳邊。一根被踏扁的菸蒂，有一半掩埋在沙土之中。

真是悲哀的死法。武雄如此想著。

活了八十年，辛苦工作一輩子，好不容易有了兒孫，最後卻成為無人關心的惡臭屍體。

「或許明天就輪到我們了。」

「要是我死了，我那老伴恐怕一天也活不了。」

武雄抬頭一看，站在周圍的都是同一種人。稀疏的白髮、布滿皺紋的皮膚、挺不直的腰桿……這棟兩層樓的公寓共有八戶，房客包含笹井及武雄夫妻在內，全部都是老人。

孩子長大之後離家獨自生活，家裡多了不少空房間。武雄夫妻於是賣掉位在郊區的房子，搬到交通比較方便的出租公寓裡。住在這棟公寓裡的老人，有些是像笹井或武雄夫妻一樣，親戚就住在附近。有些則是孑然一身，回到了人生中最熟悉的土地。但這些人都有一些共同點，那就是人生已經沒有多少日子好活，以及行動逐漸不便。

當初剛搬進這間公寓的時候，腦袋還沒有出問題的妻子曾經笑著說道：「簡直像是老人安養院。」

不一會，前方傳來車門關閉的聲音。房東與清潔業者說完了話，轉身朝眾人的方向走來。

剛剛不停咕噥著「明天就輪到我們」的幾個人，也都停止交談。

「發生這種事情，可真是要命。」

房東的年紀還不到六十歲，穿著一身皺巴巴的西裝，不停擦拭額頭的汗水。

「我已經拜託清潔公司的人，盡可能在今天之內將屋子清潔完畢。」

「這麼臭，我們要怎麼吃飯……」

一名老人抱怨到一半，眼看房東凝視著公寓，趕緊住了嘴，不敢再開口說話。

只見房東皺起了眉頭，露出一臉不耐煩的表情。

——房東或許在想著，早知道這麼麻煩，當初實在不該把房子租給老人。

武雄登時感覺到一股寒意湧上心頭。

如果被趕出去的話，自己夫妻將失去棲身之所……看來當初實在不應該把房子賣掉。

當初是獨生子和雄向父母提議，乾脆把舊家賣掉，搬到他現在住的地方附近。

以後你們越來越沒辦法走路，住在有樓梯的舊家，做家事什麼的都很辛苦吧？如果要把舊家改建成無障礙建築，需要花一大筆錢，不如住在小一點的地方，家裡只放生活必需品，很多事情都會方便得多。而且你們如果住在我家附近，我也可以常常來看你們……和雄如此告訴父母。

武雄原本不希望賣掉住得相當習慣的舊家，但是妻子贊成和雄的提議。反正和雄夫妻幾乎不曾回家裡住，房間太多也只是增加打掃上的麻煩……向來把打掃工作全丟給妻子的武雄聽了，也不好多說什麼。

孫子還小的時候，空房間每年都有數次能派上用場，但如今連孫子也長大了，那些空房間早已變成了倉庫。而且堆在裡頭的東西太久沒有使用，早已忘記什麼東西放在什麼地方。

於是就在六年前，武雄和妻子搬進了這棟由妻子、兒子一起物色的出租公寓。公寓距離兒子家確實很近，走路只要十五分鐘。剛搬完家沒多久，兒媳夫妻就帶著孫子，約武雄夫妻到附近的餐廳吃飯。當時武雄心裡想著，或許搬家是正確的決定。

等爸媽將來要走的時候，我會陪你們到最後一刻……兒子和雄曾經以半開玩笑的口吻這麼說道。沒想到才過不到一年，兒子就先撒手人寰。

死因是腦中風，而且事先沒有任何徵兆。

那一天，武雄夫妻忽然接到媳婦打來的電話。當武雄夫妻趕到的時候，兒子已經變成了冰冷的屍體。

活得太久是人生最大的悲哀……妻子緊咬著牙齒，一邊發出哽咽聲，一邊說出這句話。武雄在旁邊，一句話都說不出口。

這是武雄一生中最痛苦的一段回憶。

剛開始的時候，媳婦還會不時帶孫子回來看爺爺、奶奶。但後來間隔越來越長，如今可能半年也等不到一通電話。

還是先回家裡吧……武雄望向妻子，心裡如此想著。

反正夫妻兩人也沒有其他地方可以去，與其待在屋外，不如回到家裡，把門窗關上，或許還比較不會聞到臭味。

其他房客們還在與房東你一言我一語地說個不停。武雄踏前一步，想要向大家告辭離開，剛好聽見房東說了一句：「聽說笹井睡覺的時候沒開冷氣。」

所有人聽了，全都發出驚呼聲。不明就裡的人聽了，可能還以為他們聽見了什麼有趣的事情。

「為什麼不開冷氣？」

「這麼熱的天氣，不開冷氣根本是找死的行為。」

「聽說是因為沒繳電費。」

武雄聽到這句話，驟然心臟一震。

——電費！

武雄明顯感覺到自己的心跳越來越快。

轉頭望向妻子，發現她只是直視著前方，表情從剛剛到現在都沒有任何變化。她是沒聽見嗎？還是……

「我們先離開了。」

武雄的聲音微微顫抖。

房客們同時轉過頭來。武雄朝他們輕輕點頭致意，拉著妻子的手臂走進公寓。

越走進公寓裡，臭味越濃。武雄屏住呼吸往前進，拉開忘記上鎖的門，走進房內，反手關上門，才終於能喘一口氣。

「真是好臭呀。」武雄故意以開朗的口氣說道。妻子只是應了一聲「嗯」。

妻子一如往昔走進廁所洗手。武雄確認妻子走進廁所之後，在和室的小寫字桌前跪坐了下來。

武雄拿起堆積如山的信件，一封一封確認。絕大部分不是房屋公司的宣傳單，就是餐廳的外送菜單。武雄每看完一封，就把信放在旁邊。不一會，武雄在信件堆中找到那封已拆開過的三折式明信片，不由得倒抽了一口涼氣。

〈停止供電對象的逾期未繳電費金額　2942圓〉

武雄一看見明信片上的「停止供電對象」這幾個字，更是感覺一陣天旋地轉。

——就是這個。

武雄以顫抖的雙手將明信片翻至背面，收信人處寫著「笹井三男」。

此時背後忽然傳來腳步聲，武雄趕緊把明信片塞進背心口袋裡。

一時之間，武雄感覺幾乎快要窒息。

將近十天之前，武雄不小心拆開了這張明信片。

由於一看就知道是電費的繳費單，武雄什麼也沒多想，直接撕開了黏起的內頁。

看見「停止供電」這幾個字的瞬間，武雄嚇了一大跳，還以為是不是忘了繳電費。翻到背面一看，才發現收信人不是自己。

武雄不禁皺起了眉頭。原來是投錯信箱了。如果是私信的話，武雄一定會先確認寄信人與收信人。但因為是政府單位寄出的繳費單，所以武雄輕忽大意了。

武雄將這件事告訴了妻子。「哎喲，怎麼會發生這種事？」妻子眨了眨她那嬌小的雙眸，伸出雪白的手腕，如此回應道。

「我來交給笹井吧。」

「好，那就麻煩妳了。」

武雄交出明信片的當下，內心著實鬆了一口氣。如果是還沒拆開的狀態，只要將明信片投進笹井家的信箱就行了。但既然拆開過，總不能一聲不吭。擅自拆開他人的信件，本來就是一件挺讓人尷尬的事情，何況這還是電費的催繳單。

笹井平常看起來實在不像是個會連電費也繳不出來的人。但正因為如此，武雄感覺自己彷彿看見了什麼不應該知道的祕密。

笹井就住在隔壁，妻子平日與他頗有交情。而且妻子處事比較圓滑，應該能夠輕描淡寫地歸還明信片。

基於這些理由，武雄將明信片交給了妻子。

——沒想到妻子竟然忘了這件事。

妻子大概是想要趁下次見面的時候，順便歸還明信片。沒想到這封明信片就這麼與其他信件混在一起，妻子自己也將這件事忘得一乾二淨。

——直到現在，她還是沒有想起來。

武雄凝視著開始泡茶的妻子。

她的表情看起來比剛剛清醒得多。

事實上妻子並不是一整天都是一副痴呆的模樣。她的失智症病情時好時壞，雖然有一點嗅覺異常的症狀，但每天上午基本上通常都能保持清醒，做起家事來也跟從前沒有太大的不同。她每天都會做她最感興趣的刺繡，讀完一本書之後也能有條不紊地說出自己的感想。

但是每天到了下午，或許是身體開始感到疲憊的關係，她常常會露出呆滯的表情。而且她健忘的情況越來越嚴重，生活中許多瑣事都忘得一乾二淨。

武雄嚥了一口唾液，喉結上下晃動。

——這件事情，她忘了最好。

就算妻子這時候想起電費催繳單的事，笹井也不可能死而復活。這只會讓妻子自怨自艾，為遲遲沒有返還催繳單而自責不已。

妻子每次發現自己忘記事情時，都會顯得相當驚惶及沮喪。為了避免繼續忘記生活上的瑣事，妻子常常會把大小事情全都寫在便條紙上。然而武雄親眼目睹好幾次，妻子因為找不到便條紙而哭哭啼啼。

武雄將雙手塞在口袋裡，起身走向冰箱。

「看牙醫十七日下午兩點半」「醬油」「牙膏」「用完的紙要丟掉」……冰箱上貼滿了各式各樣的便條紙。如果仔細查看，會發現每一張便條紙上頭的文字都畫了好幾條底線。甚至還有每天吃藥的種類及時間的表格，以及所有親戚的名字及生日的一覽表。此外也有一些紙上頭打了很多叉，似乎是項目確認清單。

武雄確認每一張便條紙上的事項都與催繳單無關之後，轉身走向門口。

「我出去一下。」

「要去哪裡？」

「上次出門忘記買菸。」

武雄簡短回應，將鞋跟早已扁掉的鞋子當成拖鞋套上，走出門外。

濃密的惡臭迎面撲來，讓武雄一時幾乎招架不住。武雄低下了頭，努力往前邁步，通過還在閒聊的房客們身邊。

早已走慣的道路，不知為何看起來異常陌生。乾洗店、拉麵店、新落成的高級公寓、香菸店、麵包店、二手家具店……明明是每天都在看的街景，心情卻像是來到了一座陌生的城市。

該不該走到車站去呢？武雄煩惱了一會，決定走進一間便利商店。店內的冷氣強到讓武雄感覺有點冷。武雄搓著自己的手臂，在店內繞了一圈，最後什麼也沒拿，只在結帳櫃檯買了兩盒香菸。

武雄聽著店員制式化的道謝聲，走出店門外，頓時感覺全身被悶熱的空氣包圍。武雄感覺有些喘不過氣來，因此做了一次深呼吸，同時走到垃圾桶的旁邊。撕下香菸盒外的膠膜，與早已揉成一團的明信片一同捏在手裡，扔進了垃圾桶。

活人比死人重要得多。武雄如此告訴自己。

人生在世，很多事情往往是身不由己。

武雄沿著原路快步走回家，走到一半的時候，被一輛公車從後方超過。現在的公車，不管是車輛還是路線，都與武雄從前當公車司機時完全不同。但是從排氣管排出的獨特氣味，還是讓武雄感到相當懷念。

手握方向盤的觸感，還清晰地殘留在掌心。武雄不禁心想，當初至少應該把車子留下來才對。

但是兒子告訴父親，在東京都心要養一輛車，費用實在太昂貴。比較實用的次數和成本，就會發現根本划不來。兒子接著又提到很多老人開車發生意外的新聞，武雄拗不過兒子，最後只好同意把車子賣掉。此時武雄不禁感到相當後悔，畢竟自己還是需要車子。

為什麼當時的自己沒有更加堅持己見？

強烈的陽光，正不斷灼燒著忘記戴帽子的頭部表面。

彷彿永無止境的竊竊私語聲，迴盪在狹窄的典禮會場大廳上。

「請節哀順變」、「事情發生得太突然，給您添麻煩了」……武雄聽著那壓低了聲音的一句句台詞，凝視著妻子那瘦得像皮包骨卻依然緊握佛珠的手。

完成了報到手續的弔客，正排成了長長的隊伍，一步步往前推進。

家屬席上，有一個懷抱著嬰兒的婦人。那嬰兒不斷發出可愛的哭聲，婦人則不停地哄著。武雄不禁心想，那多半是笹井的曾孫吧。

但是那嬰兒過去從來不曾來到公寓。公寓的隔音效果非常差，就連電視的聲音也能聽得一清二楚，如果隔壁的笹井家來了嬰兒，武雄夫妻絕對不可能沒聽見。

武雄沿著隊伍向前進，同時將頭轉回來，剛好看見排在前面的人已經離開。前方就是擔任喪主的笹井兒子，兩人正眼相望。

笹井的兒子長得很像笹井。他或許是還記得所有房客的臉，也或許是在舉辦喪禮前趕緊背的，當他看見武雄夫妻的臉，腰彎得更低了。「家父給兩位添麻煩了。」他說道。

「請別這麼說，笹井先生對我們有諸多恩情。」

妻子也以充滿感慨的口氣跟著說道：

「每次我們家的冰箱故障，都是笹井先生幫我們修理好的。」

「真的嗎？」

兒子的表情變得開朗了些。

「家父若聽見兩位這麼說，一定也會感到欣慰。」

在符合年金支領資格之前，笹井一直在電器行工作，因此對各種家電問題可說是瞭如指掌。笹井不僅為武雄家修理過冰箱，還修理過照明燈具，以及更換過破損的插座蓋。

武雄每次說想要支付修理費，笹井都以「鄰居互相幫點小忙是應該的」為由，不肯收取材料費以外的任何金錢。為了答謝，妻子三不五時就會送一些午餐或晚餐的菜餚過去，笹井總是眉開眼笑地收下。

回想起來，他實在是個好鄰居。

他幫忙修理的時候，動作很乾脆俐落，也不會故意賣弄知識……想到這裡，武雄心中忽然產生了一個疑問。

——為什麼笹井不繳電費？

他既然在電器行工作，應該很清楚在水、電、瓦斯等民生基本供應系統中，電是欠繳之後最快會被停掉的一種。

在寄發催繳單之前，應該會先寄出一般的繳費單。笹井為什麼不辦理自動轉帳？難道是因為嫌麻煩，所以遲遲沒有辦理手續？

驀然間，武雄察覺自己只是在尋找推卸責任的藉口，頓時心中充滿了苦澀。

這有什麼好懷疑的？自己不也一樣嗎？好幾次忘記在卡費扣款日之前將錢匯入指定帳戶，因而收到帳戶餘額不足的通知書。或是心裡一直想著「等到要辦其他事情時再一併處理」，結果忘得一乾二淨，直到收到了催繳單才猛然想起。

任誰看見「停止供電」這幾個字，都會嚇得手忙腳亂。但是反過來說，若不是這種火燒眉毛的狀態，大部分的人都不會為了繳費而特地出門一趟。

——一定是因為我們忘記把催繳單交給笹井。

雖然是毋庸置疑的事情，但是再次得到這樣的結論，還是讓人心情沮喪。

或許自己根本沒有資格參加笹井的守靈夜儀式……

眼前擺著守靈夜儀式的餐點，武雄卻是一點食慾也沒有。明知道多少應該吃一點，卻感覺胃部異常沉重，實在是食不下嚥。

會場大約坐了四十人，桌上擺滿了各種料理。弔客們一邊動筷，一邊談論著關於笹井的往事，武雄卻不敢與任何人四目相交。

「我曾經跟笹井一起排隊參加超市的特賣會呢。」

房客之一吃了一口芝麻豆腐後說道。

「啊，我也有這樣的經驗。」

另一個房客像舉手一樣舉起了筷子。

「笹井沒訂報紙，我把夾報傳單上的特賣會消息告訴他，他不斷向我道謝，開心得不得了。」

「他不像有些人會自命清高，算是很好相處的一個人。」

武雄聽到這裡，心裡不禁暗想，或許笹井生前相當缺錢也不一定。以年齡來推算，笹井能領到的年金應該不少才對。他不喝酒、不抽菸，也不好賭，實在沒有理由如此貧窮。但如果他真的連電費也繳不出來，催繳單有沒有交到他的手上，似乎一點也不重要。

——我又在想辦法逃避責任了。

武雄趕緊將這些想法拋開，同時在心中暗罵自己是個狡猾的人。

「自從阿笹的老婆過世之後，他就變得非常吝嗇。」

一個男人突然以自言自語般的口氣說道。他的年紀看起來和笹井差不多，剛剛一直坐在家屬席上。

「真的嗎？」

「是啊，動不動就說這樣太浪費、那樣太花錢，簡直像變了一個人。」

男人嘆了一口氣，接著說道：「他家裡的冷氣，還是不久前才裝的。原本他家裡只有電風扇，他一直說有電風扇就夠了，小時候根本沒有冷氣這種東西。後來我對他說，阿笹，你沒看電視新聞嗎？現在的夏天，跟我們小時候的夏天已經完全不一樣了。再不裝冷氣，你真的會熱死。後來他被我說服，才終於買了冷氣。」

最後男人口氣一沉，說道：「沒想到他竟然不開冷氣，到頭來還是熱死了。」

武雄轉頭望向身旁，原本正一小口、一小口吃著燉煮南瓜的妻子，此時也抬起了頭來。

武雄趕緊將臉轉回正前方，將早已消泡的啤酒一口喝乾。半冷不熱的啤酒，喝起來特別苦澀。

到了隔天，妻子忽然說了一句：「我是不是忘了什麼事？」

武雄原本正慵懶地看著電視上的談話節目，一邊抽著飯後菸。妻子正把梅乾放進茶裡，驀然抬起頭來這麼說道。

「哪有。」

武雄平常總是提醒自己要對妻子輕聲細語，此時突然聽妻子問起這句話，口氣不由得變得強硬。

妻子的視線在半空中左右飄移。

「為什麼我總覺得……好像忘了做一件非常重要的事。」

武雄轉頭朝通風扇吐出一口煙。

「我猜大概是買咖啡吧。」

「買咖啡？」

「妳上次好像說過，咖啡粉快用完了。」

「啊，對。」

妻子露出了豁然清醒的表情。

「沒錯，就是這件事。我也真是的，明明一直提醒自己要記得買。」

「我剛好想出去散個步，乾脆我順便買回來吧。」

「老公，外頭天氣這麼熱，你要出去散步？」

妻子流露出不安的表情。

自從健忘的症狀越來越嚴重之後，妻子常常很擔心我會丟下她獨自離開，簡直像個小孩子。

雖然她不會強硬阻止我出門，但會以各種理由勸我不要外出。

「妳放心，不會走太久。」

「但要是不小心中暑……」

妻子說到這裡，眼珠忽然開始左右晃動。

武雄瞬間繃緊了神經，不由得捏緊手中的香菸。

妻子的視線在半空中繞了一圈，接著忽然靜止不動，簡直像是喪失了原本的目標，再度流露出茫然之色。

「我順便買些冰回來。」

妻子聽武雄這麼說，興奮地抬起了頭。武雄見她那副孩子氣的模樣，不禁暗自苦笑。

「那我出門了。」

說完這句話後，武雄拿起錢包及帽子，走出了門外。

當初笹井的遺體剛被搬出去時，整棟公寓還是瀰漫著一股惡臭。但是自從清潔公司的人來了之後，武雄就再也沒有聞到過那股氣味了。不知道是臭氣已經被消除了，還是自己的鼻子習慣了。

武雄走在悶熱的空氣中，不禁有種錯覺，彷彿催繳單的事情及笹井的過世都只是一場惡夢。

等等買了東西回家，或許會看見妻子和笹井站在公寓門口有說有笑。

但是當武雄帶著咖啡粉及冰回到公寓時，隔壁戶的門口戶名牌依舊是空白的狀態。從拆掉了窗簾的窗戶往內望，可看見裡頭空蕩蕩一片，幾乎沒有家具。

武雄低著頭打開自家的門，走了進去。

「你回來了。」

妻子從廚房探出頭來，表情明顯鬆了一口氣。武雄只是「嗯」了一聲，將一整袋從超市買來的東西交給妻子。

武雄轉過身，開始脫鞋。「啊，有冰！」背後傳來妻子喜孜孜的聲音。

「還有咖啡粉，真是太好了。剛好快要用完了呢。」

武雄輕輕點頭，接下一杯妻子遞來的冰麥茶。

仰頭喝了一大口，感覺全身的細胞彷彿都活了過來。

從這天之後，妻子一天到晚詢問「我是不是忘了什麼事」。

武雄總是隨口應答，有時說「妳上次說烏龍麵快要過期了」，有時說「妳不是說過很想看那個節目」，有時說「妳剛剛忘記關廁所的燈」。

妻子剛開始總是會先愣一下，露出一副「是這件事情嗎」的懷疑表情，接著才點頭接受。

「我真是的，最近太健忘了。」

每當妻子以半開玩笑的口吻這麼說，武雄總是會回答：「我也差不多。」

明知道妻子只是心裡不安，但是當聽見妻子說出這種話，武雄的心裡還是會產生一種無處可逃的焦躁感。

這樣的日子，會持續到什麼時候？

——恐怕會一直持續下去，而且狀況會越來越惡化。

妻子擔心自己開了瓦斯爐會忘記關，所以當武雄不在家的時候，她一個人絕不碰火。但是武雄擔心如果她的症狀繼續惡化下去，恐怕會把「一個人的時候不能碰火」這件事也忘得一乾二淨。

而且妻子要是開始出現到處亂走的症狀，自己一個人恐怕沒有辦法照顧得周全。更何況自己也不知道能不能一直保持健康。

到了那個地步，恐怕就只能住進安養中心了。

其實在兒子過世之後，武雄就曾經考慮過要住進安養中心。

但是自己的年金有限，太貴的安養中心恐怕住不起。要尋找合適的安養中心，也是一件很累人的事，武雄每次都是半途而廢。

如果有專門提供這方面建議的服務窗口就好了……當然如果仔細找的話，或許能找得到，但是武雄連服務窗口也懶得找，就這樣任憑日子一天接著一天過去。

通常安養中心在入住的時候，都得先支付一大筆錢。武雄原本已經準備好了一筆存款，但這筆錢也在逐漸減少當中。

最近武雄作惡夢的次數變得越來越頻繁。

在夢中，武雄總是開著公車。開了一輩子公車的武雄，同一條路線的公車開了好幾年之後，就連「從這個紅綠燈到下個紅綠燈要花幾秒」都早已背得滾瓜爛熟。但不知道為什麼，武雄在夢中完全不認得路。似乎是第一次行駛的路線，車內卻擠滿了乘客。

想要以無線電向公司求救，卻找不到無線電通話機。想要從車外的電線桿及門牌來判斷現在的位置，眼前的景象卻是模糊不清。

這輛公車到底開在哪一條路上？要開到哪裡去？

武雄完全不知道該往哪個方向開，每次到了岔路都會感到焦躁不安。每當有乘客從公車站牌上車的時候，武雄都會詢問對方要去哪裡，但是聽見的都是從來沒聽過的地名，完全沒有任何幫助。

最後武雄終於開錯了路，乘客紛紛開始抱怨，武雄自己也忍不住想要扯開喉嚨大叫。每一次作惡夢，都是在這個時候醒來。

有時武雄不禁懷疑，或許妻子其實記得催繳單的事情。

她其實記得一清二楚，假裝忘記只是在測試丈夫。

每當武雄說出敷衍她的話，或許她的心中都在偷偷打著某種算盤……

但是事到如今，總不能突然對她說出真相。最近武雄甚至會避免提及水費、電費之類的話題。

每次拿到電費的自動轉帳收據，武雄都會趁妻子還沒有看見時偷偷處理掉。

這一天，武雄從信箱裡取出了八月份的電費收據。正要放進寫字桌抽屜的前一秒，武雄突然停止了動作。

收據上的金額吸引了武雄的目光。

〈8837圓〉

為什麼這麼便宜？

就連開冷氣的次數不像八月這麼多的七月，電費也超過一萬圓。

為了確認這一點，武雄特地從抽屜中找出七月份的收據。果然沒錯，將近一萬兩千圓。

——不對，還是七月份的電費太貴了？

自從申請了自動轉帳之後，武雄就不曾留意過電費的金額。仔細想想，現在又不像當年和兒子住在一起，用電量比較高。如今夫妻兩人住在這個一戶只有兩間房間的公寓裡，這電費未免太貴了一些。

雖然因為冷氣機型老舊，耗電量比較大，但也不至於……

「你怎麼了？」

背後突然傳來的聲音，讓武雄嚇了一大跳。轉頭一看，妻子正歪著頭，看著自己手上的電費收據。

武雄差一點想要將收據蓋住，但最後並沒有這麼做。因為一旦做出這種動作，反而會引來懷疑。

「沒什麼，我只是發現這個月的電費比較便宜。」

「噢，真的嗎？」

妻子眨了眨眼睛。

「為什麼這個月會比較便宜？」

「不管了。反正是減少，又不是增加。」

武雄想要結束話題，妻子卻持續盯著那張紙。

「我在想，會不會是有什麼東西壞掉了。」

武雄迫於無奈，只好說出心中的推測。

「什麼東西壞掉？」

「家電類的東西。」

武雄想不出最近有什麼突然不用的家電，而且這個月也沒有刻意省電。唯一可能造成變化的原因，就是有某種家電壞掉了，所以不再耗電，夫妻卻沒有察覺。

「家電類？我們家哪有什麼家電壞掉。」

「是啊，我也想不出來。」

武雄搔了搔頭。

現在這個家裡面的家電，主要的只有冷氣機、電視機、微波爐、電鍋、冰箱及電燈。雖然像吸塵器、吹風機、熨斗之類的電器也會耗電，但是這類東西只有在要用的時候才會插電，而且用電量不可能對電費造成這麼大的影響。

最有可能造成數千圓電費差距的電器，大概就是冷氣機了。但是家裡的冷氣機只是老舊而已，並沒有損壞。每天幾乎都是開著的狀態，也不曾送修。

想到這裡，武雄突然想到一件事，那就是最近家裡曾經發生過一次跳電。

上個月的月初，因為家裡同時使用冷氣機、微波爐、電鍋及熱水壺的關係，竟然跳電了。

雖然趕緊重新將斷路器打開，但忘了重新啟動電鍋的電源，裡頭的米只煮了一半，全都不能吃了。

或許有家電因為那次跳電而損壞也不一定。

「乾脆問笹井看看如何？」

武雄大吃一驚，轉頭望向妻子。

只見妻子一臉認真地在家裡左右張望，完全沒有察覺自己說了很奇怪的話。

武雄霎時感覺一股涼意竄上背脊。

——她的症狀又惡化了嗎？

雖然妻子的健忘症狀時好時壞，但過去忘記的都是日常生活中的瑣事。難道是妻子在無意識之間，想要忘記笹井已經死了？

回想起來，妻子開始出現健忘的症狀，是在和雄過世之後。

剛開始的那段日子，妻子幾乎每天以淚洗面。後來她終於逐漸恢復冷靜，但她從此絕口不提兒子的事，而且看著半空中發呆的時間越來越長。

原本武雄並沒有想太多，認為那就是妻子與死亡和平共處的方式。但後來武雄發現妻子有時連數分鐘之前講的話也會忘記，頓時沒有辦法再保持樂觀。

四年前，武雄以「請醫生開安眠藥」為藉口，勸妻子到醫院接受檢查，結果得知妻子已經罹患了輕度的失智症。

從那次之後，妻子變得非常討厭看醫生，武雄也不強迫她。

「好，我再問笹井看看。」

妻子聽武雄這麼說，歪著頭問道：「你要問？」

或許是因為妻子與笹井頗有交情的關係，她聽到丈夫說自己要去問，似乎感到有些意外。但她並沒有多說什麼，只是瞇著眼睛說道：「電的事情，我是一竅不通，確實你去問會比較好。」

其實武雄對電費變便宜的原因並不特別在意。就算真的有什麼家電壞掉了，至少目前生活並沒有受任何影響。

過了一陣子，武雄真的打電話聯絡了電器行。不過目的並不是為了詢問電費的事，而是冷氣機出了問題。

或許是因為每天都開著的關係，感覺越來越不冷，而且常常發出怪聲。

雖然已經進入九月了，天氣還是頗為炎熱。武雄於是聯絡了一家在電話簿裡刊登了廣告的電器行，對方告訴武雄，由於最近有太多人報修冷氣，可能得等上幾天的時間。所幸武雄告訴對方，自己跟妻子已經八十多歲了，對方一聽，當天就設法挪出時間前來修理冷氣。

電器行的人打開冷氣的蓋子，不知道做了什麼事，三兩下就把冷氣修好了。

「真的很謝謝你。」

武雄道了謝，付了修理費。

「接下來還會熱一陣子，請小心不要中暑了。」

電器行的人一邊說，一邊擦拭額頭的汗水。

「住在隔壁戶的鄰居，上個月就是因為中暑過世呢。」

武雄聽見妻子這句話，吃驚地轉頭望向妻子。

妻子卻是面對電器行的人，接著說道：

「所以我們才認為不能為了省錢而不開冷氣，沒想到因為一直開著的關係，竟然壞掉了。」

「中暑真的非常可怕。」

電器行的人一臉嚴肅地說道：

「做我們這一行的，每年一到夏天，就會有很多人向我們報修冷氣。但因為人手不足的關係，往往得讓客人等上好幾天。所以我們每年都提醒客人，一定要在進入夏天之前，先確認冷氣沒有故障。」

「原來如此。」武雄回應道。

電器行的人見對話已經結束，說了一句「那我先告辭了」，轉身走向門口。妻子正要送他出去，忽然發出「啊」的一聲輕呼，說道：

「我們家是不是還有電器壞了？」

「咦？」

電器行的人正要穿鞋，聽到妻子這句話，轉過了頭來。

「上個月，我們家的電費突然少了很多。」

「噢……？」

電器行的人露出一臉困惑的表情。

「所以我老公說，會不會是因為有什麼老舊的電器過去一直在消耗電力，後來壞掉了，所以電費變便宜了。」

武雄不禁感覺到耳朵微微發燙。

「我對電的事情不太懂，只是胡亂猜測而已。」

對著專家說出自己幼稚的臆測，實在是一件相當難為情的事。

「唔……」電器行的人沉吟了一會後問道：

「大概便宜了多少錢？」

「差不多三千圓吧。」

「三千圓？」

電器行的人重複說了一遍，口氣有些驚訝。

「這金額可不小。除了冷氣之外，很少有家電產品能夠耗掉這麼多電。」

「但是我們家的冷氣，是在電費變便宜之後才開始出問題。」

武雄拿出這幾個月的電費收據，交給對方。對方看了兩眼後說道：

「這可有點奇怪，我幫你們檢查一下。」

電器行的人將收據還給武雄，首先檢查了大門附近的分電盤。

接著他走進室內，逐一檢查每一個插座。

武雄見他慎重地拿出螺絲起子，拆開插座的蓋子仔細查看，心裡不禁有些過意不去。其實電費的事情並沒有對自己的生活造成什麼困擾，卻讓他大費周章地到處檢查，實在有些不好意思。

正當武雄打算說出「沒關係，不用檢查了」的時候，那個人的神情有了變化。

「咦？」

電器行的人發出詫異的驚呼聲，仔細凝視著牆上插座的深處。

武雄與妻子不由得面面相覷。

——難道真的有什麼問題嗎？

那個人面色凝重地轉過了頭來。

「找出原因了嗎？」

「呃……看起來好像……」

那個人遲疑了幾秒鐘，最後才似乎下定了決心，開口說道：

「隔壁鄰居好像在偷你們家的電。」

武雄一時愣住了，不明白那是什麼意思。

「偷我們家的電？」

武雄重複了一次對方的話。

「意思是隔壁鄰居偷接了你們家的電去用。」

電器行的人解釋道。

武雄聽了還是似懂非懂。

「你是說隔壁的笹井……偷我們的電？」

妻子也錯愕地瞪大了眼睛。

「是的。」電器行的人再度轉頭望向插座，點了點頭，低聲說道：

「像這樣的公寓，電線通常是埋在牆壁裡……但是請你們仔細看這插座裡面，後方電線有另一頭伸進了隔壁的洞裡。」

武雄依照那個人的指示，將臉湊上去，仔細觀察插座的內側。裡頭相當暗，很難看得清楚，但是沿著那個人的手指所比的方向望去，確實有一條電線伸進了曾經是笹井家的隔壁戶。

「雖然我沒有看過隔壁的情況，但我大概猜得出來，從這邊延伸過去的電線，大概是連接到隔壁的插座吧。」

電器行的人抬起了頭來，接著說道：

「你們剛剛不是說過，隔壁鄰居上個月過世了嗎？或許是因為這樣的關係，你們家的電沒有再被偷走，所以電費變便宜了。」

「唔……可是……」

武雄勉強擠出聲音說道：

「笹井家也收到了電費的帳單……」

說到這裡，武雄的腦海驀然浮現了那張催繳電費的明信片。

〈停止供電對象的逾期未繳電費金額　2942圓〉

武雄越想越不對勁。

——那金額未免太便宜了一點。

就算一個人住，只要過的是一般正常的生活，每個月的電費至少應該要有五、六千圓……想到這裡，武雄愣住了。

少了三千圓……不就跟自己家裡的電費變化一樣嗎？

「不曉得隔壁鄰居是在什麼時候動了這樣的手腳。」

電器行的人再度低頭望向插座。

「你們都沒有發現異狀嗎？」

「因為笹井他是……」

武雄說到這裡，沒有再說下去。

——笹井退休前，也是在電器行工作。

他曾經幫忙修理過各種家電，甚至還換過破損的插座蓋。

沒錯，他有非常多的機會接觸自己家裡的插座。

「從三千圓這個金額來看，隔壁鄰居很有可能是只把冷氣機接到你們家。畢竟如果全部都接過來，你們家的電費一定會高得嚇人，這麼一來就有可能引起懷疑。」

電器行人員說的這幾句話，在武雄的耳中越來越模糊不清，彷彿兩人之間隔了一層薄膜。

冷氣機……武雄瞪大了眼睛，全身有如凍結一般。

家裡曾經有一次跳電，那是什麼時候的事？

上個月的月初……笹井就是在那個時候過世。

當時因為跳電的關係，電鍋只煮到一半，裡頭的米全都不能吃了。因為跳電而關機的家電，並不會在打開斷路器之後自己重新啟動。

笹井家的冷氣機如果真的是使用自己家的電，當自己家跳電的時候，笹井家的冷氣機也會關機。

根據房東的說法，笹井過世的主因，是他睡午覺的時候沒有開冷氣。有沒有可能是他睡著了，沒有發現冷氣機因為跳電而關機？

一股奇妙的想法盤據在武雄的心頭，彷彿有什麼東西在胸腹之間蠕動著。

假如他因為偷接別人家的電，在別人家跳電的時候遭到波及，似乎也是自作自受。

武雄一方面感到鬆了口氣，一方面卻不知道該如何認定笹井這個人。

收到武雄妻子送的菜餚時，眉開眼笑的笹井。一臉若無其事地偷接電的笹井。哪一邊才是他的真面目？

武雄轉頭望向妻子。她只是一臉茫然地凝視著半空中，似乎根本沒把剛剛那些話聽進去。

唉，又開始了。武雄在心裡暗自嘆氣。

最近她神智不清的時間似乎越來越長了。

「需不需要我幫你們把接到隔壁的電線剪掉？」

電器行的人看著武雄問道。

「不過如果你們要報警的話，最好還是維持原狀才能當作證據。」

「不用了……請你剪斷吧，過不久隔壁可能又會有新的房客住進來。」

武雄搖頭說道。

反正笹井已經死了。

如果把這件事告訴笹井的兒子，或許他會還錢也不一定。但是父親才剛過世，他的心情一定很難過，此時如果跟他提這件事，感覺像是在落井下石，實在讓人於心不忍。

何況自己的家裡跳電，是造成笹井過世的間接原因。雖然這完全不能怪在自己頭上，但難保笹井的兒子不會為此心生怨恨。

反正一個月也才大約三千圓，而且還是只有使用冷氣的這幾個月，稱不上什麼重大損失。

武雄想到這裡，內心忽然感到一陣落寞。

——笹井怎麼會為了區區數千圓，做出這種事？

這件事如果是在他的生前揭穿，肯定會引起軒然大波，甚至可能會驚動警察。他的心裡應該有著隨時可能會被發現的不安，以及罪惡感才對。

每個月三千圓，這個金額真的值得他做這種事嗎？

武雄送電器行的人離開之後，轉頭環顧屋內。

電視機、冷氣機、洗衣機、餐桌、小寫字桌、櫥櫃、電鍋……家裡目前所使用的這些家具，大部分來自從前的家，少部分購置二手家具店。

反正能用就好，盡量選最便宜的……當初因為抱著這樣的想法，所以從店裡買來的每一樣東西都相當老舊，而且沒有一致性。

驀然間，當初在喪禮會場聽到的那句話浮上心頭。

——太浪費了！

武雄心想，這多半就是笹井那麼做的原因吧。

即便現在的冷氣機的耗電量已經不像從前那麼高，但是開著冷氣還是會讓人有一種非常浪費的感覺。彷彿從那冷氣口吹出來的每一陣冷風，都是自己的血汗錢。

所以笹井決定花別人的錢。

——這麼一來，他就可以毫無壓力地打開冷氣機的電源，完全不必感到心疼。

在笹井的心中，恐怕並不存在所謂的罪惡感。

剛開始的時候，他或許認為這就像是幫忙修理家電的服務費，是他應得的權利。過了不久之後……他大概就忘了這件事。

當一件事在日常生活中變得理所當然，笹井就不會再去思考它。就算偶然想起，也會馬上又忘得一乾二淨。

並且如此告訴自己……一個人活在世上，總是會有自私的一面。

「老公……」

身旁傳來了妻子的呼喚聲。

妻子以迷茫且空洞的眼神，看著武雄問道：

「我總覺得好像忘了什麼事。」

# 打入冷宮

那是一座讓人聯想到屍體的森林。

蒼鬱而幽暗，泥濘的地面堆滿了枯枝及落葉。

仰望頭頂，可看見一縷光芒，有如神明顯靈一般，從枝葉縫隙之間灑落。瀰漫在空氣中那若有似無的霉味，誘發著世人心中的鄉愁。

一棵形狀扭曲的大樹，在森林中特別醒目。樹旁站著兩個男人。較年輕的男人不斷重複著將鏟子插入土裡，接著利用槓桿原理將泥土掘起。沙、唰！沙、唰！那聲音非常規律，完全沒有減慢速度，單純是因為男人腳下的那片泥土早已被人挖鬆了。

五個人一起動手，合力在地面上挖出了一個剛好大的坑。接著將挖鬆的泥土輕輕填回，再鋪上枯枝及落葉。準備就緒之後，才讓那兩個男人上場。只見年輕男人挖得氣喘吁吁，不時以掛在脖子上的毛巾擦拭臉上的汗水，完全看不出那泥土早已被人挖得鬆軟。

有如運動選手一般的矯健動作，配上完全不像運動選手的陰鬱雙眸。沾上了一點泥土的臉頰，以及因為濡濕而貼在額頭上的長長瀏海，散發出一股女性的陰柔之美。

「喂！」

年輕男人先抬頭對著天空大喊，接著才轉頭望向背後。

視線的前方，是個縮起了身子的中年男人。身上穿著皺巴巴的西裝，領帶歪歪斜斜，手掌神經質地撫摸著戴在另一隻手上的手錶。那手錶看起來相當高級，與男人的形象頗不相稱。一根根骨節突出的手指，前端都有著修剪得整整齊齊的指甲。

年輕男人朝著車子的方向甩了甩下巴。

中年男人趕緊奔向車子，打開後車廂。那驚惶的動作，看起來著實滑稽。後車廂塞著一具年輕女人的屍體。身上穿著一件酒紅色的緊身洋裝，豐腴的身體曲線看起來格外性感。

女人的雙腳配合後車廂的形狀向上彎曲，露出雪白的大腿。幾乎可以看見內褲，卻又剛好看不見。頸子呈現不自然扭曲的狀態，上頭纏繞著油亮的捲髮，卻又絲毫沒有損及身體曲線的美感。

年輕男人抓住女人的雙腿，中年男人則將手腕伸入女人的兩邊腋下。兩人合力將屍體從車內拖出，走向剛剛挖好的大坑。

走了幾步，年輕男人停下來將屍體重新抓穩，懊惱地罵了一句：「死女人，也不先減個肥。」中年男人將頭別向一旁，不敢看女人的臉。

兩人一放手，屍體便滾入了坑內。接著兩人合力將泥土填回坑中。第一鏟的泥土落在女人的胸口，第二鏟落在那疲軟無力的側臉上。

「卡！」

大崎祐也以腹部的力量喊出了宏亮的聲音。

就在這個瞬間，劍拔弩張的氛圍消失得無影無蹤，原本彷彿受到擠壓的空氣迅速膨脹。但緊繃的神經終於得以放鬆的人，就只有周圍的劇組工作人員而已。站在中央的兩名演員，依然維持著劇中角色的表情。那年輕的男人，飾演村山真生的小島郁人，花了數秒鐘的時間，才讓自己的臉部輪廓開始產生變化。

隨著小島露出僵硬的笑容，整個人散發出的氛圍也逐漸隨著那表情的變化而改變。但他似乎還是沒有辦法完全擺脫角色的影響，一舉手一投足都像是不知如何自處。他低頭朝著坑內說了一句：「抱歉，妳還好嗎？」

大崎轉頭面對螢幕，嘴角微微上揚。

小島郁人是超人氣偶像團體「Minute5」的五名成員之一。但是跟其他成員相比，他有些相形遜色。

隊長石神俊輔能歌能舞。池田慎平擁有最帥氣的外型及精湛的演技，電影及電視劇的片約多到接不完。菅野猛靠著過人的口才，在眾多綜藝節目裡擔任主持人。富田讓向來以平易近人而聞名，靠著演唱會及社群軟體上的各種貼心舉動博得了廣大粉絲的好感。每個成員都在不同的領域發展得有聲有色，唯獨小島郁人不管在哪一方面都是半吊子。

當然小島的長相也頗有親和力，演技及歌喉也都不算差。喜歡說大話的形象能夠將人逗得哈哈大笑，所以在許多綜藝節目都是常客。最近開始經營IG帳號，更新得相當勤快。

但是說到底，小島終究欠缺在某方面傲視群倫的才能。所以當脫離了五人團體，他就會陷入缺乏存在感的窘境。說得更明白一點，他缺乏無可取代的獨特性。

這部電影會交給小島擔綱演出，其實也不是導演大崎本人的意思，而是配合選角公司的要求。堂堂「Minute5」成員之一的小島郁人願意接演這部片，相關負責人員都感到興奮不已。當然大崎對於能夠將角色交給小島這種大牌藝人來演，心裡也不敢有什麼不滿。但若要說真心話，其實大崎的內心或多或少有些失望與不安。因為小島接演的這個角色，大崎總認為與小島的形象相差太遠。當然大崎知道自己只不過是個沒沒無聞的小導演，不敢在他人的面前有任何怨言。

沒想到開拍之後，大崎才發現小島演這個角色非常合適。

電影裡的這個角色，是個粗暴、凶殘，讓人摸不著底細的殺人凶手。交給原本具有親和力的小島郁人來詮釋，反而呈現出了一種讓人心裡發毛的危險感。

小島本人似乎也很中意這個角色。在拍攝的過程中，大崎可以感受到他越來越入戲。

這一幕裡頭的「死女人，也不先減個肥」這句台詞，當初在敲定劇本的階段，經紀人原本提議要刪除。因為小島郁人的主要粉絲層是女高中生，一旦小島說出這種台詞，可能會把粉絲嚇跑。站在維護藝人利益的立場來看，這樣的顧慮可說是理所當然。然而小島卻不贊成刪除，甚至還提議將台詞修改得更狠一點。其實這句台詞原本是「吃得這麼肥做什麼」，在小島的建議下改成了「也不先減個肥」。新的台詞簡直像是要求女人在被殺之後還得為自己的體重負責，更加呈現出小島所飾演角色的自我中心與蠻橫不講理。

——這部電影一定能拍得相當成功。

大崎一邊向劇組工作人員下達指示，一邊感覺到一股興奮之情自胸口油然而生。

攝影師從各種的角度，拍攝即將遭到掩埋的女人屍體。大腿、腳尖、手背……大崎試著調整扮演屍體的女演員的姿勢，改為拍攝背部、臀部及大腿的後側。

在這一幕，大崎希望盡可能呈現出裸露的煽情鏡頭。這並不單純只是讓觀眾「眼睛吃冰淇淋」，更重要的一點，是這一幕必須讓觀眾徹底意識到「死亡」。如果能夠藉由女人的肉體，誘發觀眾的性慾，觀眾就能體會到隱藏在「殺人埋屍」這個窮凶極惡的行為背後的甜美滋味，以及那一股罪惡感。

大崎要求攝影師重拍了好幾次，確認需要的畫面已經完全足夠之後，飾演屍體的坂本有希才從坑裡爬出來。

「坂本有希小姐的戲分殺青了！」

助理導演一邊向眾人宣布，一邊取出花束遞給大崎。大崎接過花束，轉身面對坂本，一邊遞出花束，一邊說道：「辛苦了。謝謝妳的努力，讓我們擁有非常棒的拍攝成果。」

「哇！」坂本嬌呼一聲，瞇起眼睛望著花束。另一名攝影師立刻扛著攝影機朝坂本靠近。這名攝影師拍攝的是預定要放入DVD之中的幕後花絮影片。

「坂本小姐，辛苦了！終於拍完了最後一景，有什麼感想？」

「我現在全身髒兮兮的，羞死人了。」

坂本以充滿雀躍的口吻說道。大崎轉過頭，指示工作人員繼續拍攝下一個場景。工作人員們全都動了起來，快手快腳地進行拍攝前的準備工作。

大崎攤開早已翻得破破爛爛的劇本。其實內容早已記得滾瓜爛熟，但因為自己的劇本裡頭標註了不少注意事項，所以大崎還是攤開來看了兩眼。

再拍一個場景，今天的拍攝工作就全部結束了。明天再拍一天，就可以全劇殺青。

這部電影的另一個男主角，是資深演員岸野紀之。他所飾演的平田耕一，原本是個相當平凡的中年男人，卻被小島飾演的村山真生拖下水，犯下殺人罪行。沒想到後來兩人立場互換，平田開始做出許多瘋狂的舉動，反而讓村山疲於奔命。

在掩埋屍體之前，平田還只是個窩囊的中年男人。但自從擁有了殺人這個奇特經驗之後，他變得越來越精力旺盛，彷彿終於找回了真正的自我。對於平田做出的各種匪夷所思的舉動，村山原本還抱著看好戲的心態，後來卻逐漸感到恐懼。

平田的性格發生巨變的分水嶺，就是接下來要拍攝的這幕場景。坑內已看不見屍體，兩人持續鏟起泥土填入坑內，直到將坑完全填平為止。從頭到尾沒有對話，只有填土的聲音及喘氣聲。

三十五秒的長度，並不算特別長，但因為沒有台詞，所以觀眾感覺起來的長度，會比實際的長度更長。大崎希望藉由這個場景，徹底呈現出畫面的美感。由於其他的場景都帶有明顯的動感，此場景若能拍攝出心中所預期的靜態畫面，將能呈現出絕佳的反差效果。

預演結束，導演一下達指令，受五座攝影機環繞的空間瞬間有如充盈著神聖的空氣，彷彿包覆著一層肉眼看不見的薄膜。

大崎迅速比對排列在前方的數座監視螢幕，同時仔細聆聽耳機中傳來的聲音。徹底追求肌肉躍動感的拍攝角度。記錄兩人表情的畫面。呈現出森林的深邃與冰冷的遠景鏡頭。兩人的粗重呼吸聲。

這完美的調和，讓大崎忍不住握緊了拳頭。很好，就是這樣！只差一點了……

就在這個瞬間，耳畔忽然響起了刺耳的撞擊聲。

大崎反射性地縮起身子，同時取下耳機。

接著大崎轉頭朝兩名演員望去。小島正吃驚地回頭望向背後，其視線前端的地面上……躺著一隻藍色鳥兒。

——原來是一隻鳥兒從天上掉了下來？

恍然大悟的同時，大崎忍不住咂了個嘴。

——真是可惜，好不容易拍到完全對味的畫面了。

在都市裡拍片的時候，往往會因為車聲或路人的干擾，而重拍好幾次。但大崎沒料到在這種深山野嶺拍片，竟然也會遇上鳥兒在最重要的時間點從天上掉下來。

如果只是錄到了聲音，當然可以在後製的階段把聲音消除掉。

由於鳥兒的墜落地點就在麥克風的附近，麥克風錄到了非常明顯的聲響。不過那只是一瞬間的事，何況這個場景並沒有台詞，本來應該很好處理才對。可惜小島對墜落的鳥兒做出了明顯的動作反應，讓這段影像變得無法使用。

大崎深深嘆了一口氣，張口準備要喊「卡」。

就在喊出聲音的前一秒，大崎看見岸野依然默默地鏟著泥土，彷彿什麼事也沒發生。

小島似乎對自己的反應感到相當丟臉，立刻低下了頭，重新鏟起泥土。

——等等……

大崎的喉結輕輕上下晃動。

這意外的插曲，或許讓這一幕變得更完美了。

在掩埋屍體的時候忽然聽見奇怪聲響，正常人都會出現像村山這樣的反應。沒想到平田竟然絲毫不為所動，完全背離了正常人的精神狀態……這不正是自己極力想要表現出的「兩個人的變化」嗎？

鏡頭全部拍完之後，大崎再次確認影像，不由得起了雞皮疙瘩。

「鳥的聲音有辦法調整嗎？」

「可以，這一幕沒有台詞，可以使用最自然的音量。」

音效師的回答，讓大崎感覺到一團亢奮的情緒在胸中迅速膨脹。

「導演！」

小島匆忙奔跑過來，說道：

「抱歉，我剛剛……」

「沒關係，這叫因禍得福。」

大崎坦率地說出了想法，同時重播影像給小島看。

「……岸野先生完全沒反應。」

小島看著畫面低聲呢喃。

到底要多麼入戲，才能做到這個程度？就算事先得知「這個時候會掉下來一隻鳥」，身體也很難完全維持鎮定。正因為有了這樣的插曲，才能剛好拍攝到小島的珍貴反應。當時小島真的嚇了一跳，一時忘記自己正在演戲，但旋即為自己的過度反應感到可恥。這一幕可說是完美呈現出了劇中的村山真生一輩子要求自己「扮演壞人」的微妙心態。

能夠拍到這麼棒的一幕，那隻鳥兒可說是最大的功臣。但大崎走過去一看，鳥兒早已死透了。

牠是在飛行途中突然撞到東西，因此丟掉了性命嗎？還是在樹上壽終正寢，所以掉了下來？雖然不清楚真相是什麼，但那躺在枯葉上的藍色鳥兒與這一幕想要呈現的內容完全合拍，幾乎令人不敢相信這只是偶然發生的意外。而且鳥兒的顏色是藍色，這又是非常棒的巧合。藍色的鳥就是青鳥，象徵幸福的鳥。這一具偶然出現在兩人面前的「新的屍體」，為接下來的劇情轉折做了最佳的暗示。村山嚇了一跳，平田卻沒有回頭看一眼……

大崎要求攝影師好好拍下那隻鳥的模樣，接著做出OK的指示。助理導演捧著花束，小跑步奔了過來。

「岸野紀之先生的戲分殺青了！」

「岸野先生，真的很謝謝你！」

大崎用力握住了岸野的手。光是握手，實在無法表達心中的感謝之意。心中彷彿有千言萬語，卻不知該如何表達。「岸野先生，如果沒有你，這部電影絕對無法達到這個境界。」

「導演，你說這些話還太早，電影還沒拍完呢。」

岸野一邊苦笑，一邊拍著大崎的背。

「我才要感謝導演，找我來拍這麼棒的電影。你的拍片現場，總是很有啟發性。」

「謝謝你的稱讚。」

打從一開始，大崎就期盼實力派的老牌演員岸野在拍攝這部片的時候，能夠肩負起領頭羊的角色。岸野主演過無數電影，日本國內的各種電影獎全部都得過。光是他願意接演自己這種無名導演的片子，幾乎就可說是奇蹟。

正因為岸野答應演出，這部片的募資才能如此順利。甚至可以說，這部片可以開拍，完全是岸野的功勞。過去大崎從來沒有拍過預算這麼多的電影，如果沒有把握住這次的機會，拍出一部傑作，未來恐怕很難再有這麼好的機會了。

大崎熬到今年三十六歲，才終於等到這一天。

「我一定要拍出一部完美的電影。」

就在大崎如此誇下海口的瞬間，忽然感覺到隔壁射來一道視線。

轉頭一看，原來是拍攝幕後花絮的攝影機。明明知道殺青的過程都會被拍攝下來，自己卻完全忘了這件事，說出那麼大言不慚的話。大崎原本感到有些丟臉，但是下一秒，已能站在導演的角度，做出客觀的判斷：「幕後花絮裡有這樣的一幕，似乎也不錯。」

拍攝幕後花絮的攝影師，開始對岸野提問各種問題。大崎刻意走遠，同時向工作人員下達收工的指示。

「導演。」

就在這時，背後忽然有人低聲說道：

「抱歉，打擾你幾分鐘。」

轉頭一看，原來是製作人森本毅。他伸出拇指，指向森林深處，不等大崎回答就轉身邁步。

「怎麼了嗎？」

大崎開口詢問，森本卻沒有答話。大崎見狀，只好跟隨在森本的身後。森本走到距離拍攝現場一百公尺以上的地點，才停下腳步。

「跑到這麼遠的地方來，到底是有什麼祕密？」

顯然接下來要說的話，不能被他人聽見。大崎見森本的表情異常凝重，心中有不好的預感，講話的口氣故意帶了三分調侃。

森本朝拍攝現場瞥了一眼，明明周圍附近沒有其他人，他還是壓低了聲音說道：

「聽說岸野是個毒蟲。」

大崎以顫抖的聲音問道：

「咦？你說什麼？什麼意思？」

「他可能是吸毒慣犯，隨時可能被逮捕，八卦雜誌也已經盯上他了。」

「咦？等等，你在說什麼啊？咦？」

吸毒？逮捕？這驚人的消息，讓大崎一時摸不著頭緒。

「一旦被報出來，我們的電影就沒有辦法上映了。」

聽到這句話的瞬間，大崎的腦袋一片空白。

「為什麼……」

大崎勉強擠出這句話，聲音卻異常沙啞。大崎也不知道，自己到底想要問什麼。

「現在到處流傳著一段他吸毒的影片。」

「影片？」

「就是這個。」

森本一邊說，一邊取出平板電腦。

他以熟稔的動作解除電腦鎖，開啟電子信箱，點擊附加檔的影片。

影片裡頭一片昏暗，而且畫質相當差，只看得出裡頭有好幾個人，但是無法分辨誰是誰。

但是森本一調高音量，大崎登時聽見了豪邁的大笑聲。

這個聲音是……

〈岸野先生？〉

〈沒錯，我是岸野！哈哈哈哈哈！〉

大崎一聽見那說話聲，霎時感到一陣發自體內的痛楚，彷彿內臟被人掐住了一般。

影片裡的男人笑了一會，取出一張捲成了圓筒狀的紙，將桌面上的白色粉末吸進鼻子裡。

「這……怎麼可能……」

「讓人幾乎不敢相信，對吧？」

森本搔了搔頭皮，說道：

「我本來也覺得這影片應該是偽造的，岸野不可能做這麼愚蠢的事……但是聽說毒取（毒品取締官）已經展開行動了。」

「可是……等等……」

大崎將手掌放在平板電腦上，抬頭說道：

「假如這影片是真的，岸野應該已經遭到逮捕才對。既然他現在還沒有被逮捕，代表這影片應該是假的。」

「我本來也抱著這樣的一絲希望，所以到處打聽。但我聽到的說法是『影片有可能是偽造的，所以不能單獨當作證據。為了確保萬無一失，毒取正在等待最佳的動手時機，以避免如果在搜索住處時找不到毒品，那就糗大了』。」

從剛剛就不斷鑽入耳中的「毒取」兩字，簡直像是某種專業術語。

大崎轉動僵硬的脖子，看著變暗的平板電腦螢幕。

「問題是……這影片到底是誰拍的？」

「藥頭吧。聽說有黑道背景，拍這段影片有一說是為了避免未來發生爭執，也有人說是為了勒索取財，總之目的眾說紛紜。但現在既然影片外流，表示他們內部一定發生某種糾紛了。」

森本將手掌抵在額頭上，嘆了一口氣。

「總而言之，到了這個地步，岸野被逮捕只是時間早晚的問題。根據我掌握的消息，已經有非常多人看過這段影片。所以毒取接下來一定會加緊腳步，避免影片的事傳入岸野的耳裡，被岸野早一步湮滅證據。」

「如果」這兩個字，在大崎的思緒中顫抖著。

如果……岸野在這個時候遭到逮捕……

——電影就沒辦法上映了。

大崎花了很多年的時間，遊說了許多人，才終於籌措到拍攝這部電影的足夠資金。此時拍攝工作已經幾乎全部結束了，絕對不可能在這個時候才更換演員。

岸野是主角，他的戲分份多到數不清。何況這部電影能夠拍得這麼順利，完全仰賴岸野的精湛演技。

如果這部電影的兩大主角不是岸野紀之及「Minute5」的小島郁人，絕對沒有辦法募到足夠的資金。

多虧了岸野，自己才有機會拍攝預算如此龐大的電影。這樣的機會不可能再有第二次，一定要好好把握才行……剛剛才想過的這幾句話，在腦海不斷迴盪。

假如真的發生最壞的情況，一定會有很多人相當同情自己吧。

他們會異口同聲地說，這不是你的錯……但是不會有人再給一次機會。

在電影的世界裡，結果代表一切。

「總而言之，我們立刻找岸野問個清楚吧。」

大崎感覺到有一隻手掌在自己背上輕拍。

「我們在他遭到逮捕之前，就接到消息，算是不幸中的大幸。立刻叫他把毒品都丟掉，或許他就不會被逮捕。」

大崎吃驚地抬起頭來。

森本輕輕點頭說道：

「只要沒有被逮捕，就算被八卦雜誌爆料，也可以矢口否認。」

後來大崎幾乎不記得自己是如何回到旅館，如何與演員們及工作人員們一起吃晚餐。

大腦的深處彷彿麻痺了一般。自己似乎分裂成了兩個人，一個與眾人有說有笑，一個飄在斜上方看著自己。

現在不是和他們說笑的時候了。「毒取」及八卦雜誌的記者隨時有可能採取行動。岸野到底在幹什麼？森本在哪裡……

一顆心焦躁不安，心跳的速度越來越快，甚至有種想要嘔吐的感覺。

大崎提早結束了晚上的餐會，宣布各自解散，回到房間過了大約三十分鐘，才接到森本的聯絡。

走向岸野房間的路上，大崎嚥了好幾口黏稠的唾液。

心中還殘留著一絲期待。或許岸野會又驚又怒，大罵「這是什麼莫名其妙的影片」也不一定。

這根本不是我！一看就知道是偽造的影片！你們竟然會相信這種東西？看來你們一點也不信任我！我還是第一次被導演這樣懷疑！

要是岸野能夠這麼破口大罵，不知該有多好。

大崎進了岸野的房間，等待森本將影片秀給岸野及經紀人福島洋子看的期間，大腦依然沒有擺脫這樣的幻想。拜託你趕快動怒吧！趕快說這是假的！大崎在心中如此吶喊著，但是看著影片的岸野只是鐵青著臉，並沒有動怒。

「岸野先生，我相信這應該是假的吧？」

森本也以哀求的口吻說道。

「他們只是找了一個跟你很像的人……」

「岸野先生！」

經紀人福島不等森本說完，已經氣急敗壞地說道：

「你不是跟我說過，你已經戒掉了嗎？」

聽到這句話的瞬間，大崎感覺天旋地轉，彷彿隨時會摔倒。忍不住想要將雙手舉到半空中掙扎，才發現身體其實完全沒有動。

「岸野先生！」

森本發出接近哀號的聲音。

「已經戒掉的意思，是你真的曾經吸毒嗎？」

岸野既沒有回答問題，也沒有將臉從平板電腦上抬起。

「岸野先生！」

森本又喊了一次。岸野依然毫無反應，反而是福島說了一句「真的很抱歉」。福島的年紀只比大崎小一點，但因為她是三十歲之後才從化妝品業界轉換跑道到電影界，看起來簡直像個社會新鮮人。

「岸野以前住在美國的時候，曾經碰過一點……」

福島的視線左右飄移。

「這麼說來，這影片是真的？」

森本說到後來，聲調不禁上揚。

「岸野先生！」

福島揪著岸野的肩膀不停搖晃，岸野依然沒有開口，只是一臉茫然地望著平板電腦。

這表情與其說是發愣，不如說是封閉自我，拒絕與外界聯繫。

「岸野先生。」

大崎以沙啞的聲音說道：

「你會害這部電影沒有辦法上映。」

岸野聽到這句話，一對眼珠這才微微晃動了一下。

大崎見了那反應，更是萬念俱灰。

「你不是說過，一定要拍出好電影嗎？今天好不容易才拍到那麼棒的一幕……」

「對不起。」

大崎聽見岸野對著自己說出這句話，登時感覺一股怒氣湧上心頭。自己的用意，並不是希望對方道歉。說得更明白一點，自己希望的是對方不要道歉。要是以為一句道歉就能減輕責任，那就大錯特錯了。

「請你立刻戒掉。」

大崎的聲音冰冷到連自己也嚇了一跳。

「把所有可能成為證據的東西全部丟掉，明天立刻離開日本，在身體排出所有藥物成分之前，絕對不能回來。」

「但是他還有工作……」

福島以疑惑的口吻說道。

「你們還沒有搞清楚現在的狀況嗎？」

大崎忍不住大喊。

「岸野已經被盯上了！要是遭到逮捕的話，還談什麼工作！」

福島的肩膀劇烈顫動。那膽怯的模樣令大崎更加怒不可遏。

「不只是接下來的工作，包含這部電影，以及你拍過的所有連續劇及廣告，全部都會無法播放。還有，你得支付龐大的違約金。所以我勸你立刻用突然生重病之類的理由，把所有的工作都取消掉！雖然這麼做可能會讓你損失一些信用，但比起遭到逮捕的損失，這都只是小事而已！」

「明天才採取行動，或許已經太遲了。」

森本低聲說道：

「如果可以的話，最好是現在立刻行動。岸野先生的家門口一定有人在監視著，所以岸野先生絕對不能回家。應該由福島前往岸野先生的家，把可能成為證據的東西全部處理掉，然後打包行李，只帶必要的東西……」

「不用麻煩了。」

驀然間，一道口氣平淡的聲音，打斷了森本的話。

大崎瞪大了眼睛，朝著發出聲音的方向望去。

——不用麻煩了？

岸野舉起寬厚的手掌，在臉上用力摩擦。

「不用麻煩了，是什麼意思？」

大崎感覺到自己的聲音在微微顫抖。岸野拿起桌上的香菸盒，抽出一根叼在嘴裡，點了火。

他用力吸了一口，將煙霧朝著天花板緩緩吐出。

「岸野先生，不用麻煩是什麼意思？」

大崎感覺全身開始微微顫動。

眼前彷彿有一片殘像不停閃動著。

「反正我戒不掉。」

岸野揚起嘴角，將香菸的火捻熄。

就在那瞬間，大崎彷彿看見眼前的殘像炸了開來，眼中所見一片血紅。

——這傢伙，把他人的心血當成什麼了！

「你在耍我嗎！」

當大崎回過神來，發現自己朝岸野撲了過去。

大崎抓住岸野的領口，把他整個人拉起來，以全身的力氣將他推向陽台。岸野的背抵在陽台欄杆上，上半身往後仰。他的表情絲毫沒有改變，低頭看著大崎。

大崎又喊了一次「你在耍我嗎」，卻驚覺接下來不知道該怎麼做。

要怎麼毆打一個站在眼前的人？

並不是因為岸野是個演員，大崎不想傷害他的臉。而是大崎根本不知道以自己的身體做出暴力行為的具體方法。

大崎的腦海浮現了許多景象。村山騎在另一人的身上，像敲打巨大樂器一樣，以規律的節奏揮拳。平田用力揮舞鐵棍，或是嘴角帶著微笑，將他人的手指一根根折斷……這些都是依據大崎自己寫下的劇本，由大崎親自拿著擴音器，指導演員拍下的一幕幕畫面。

——但是當必須自己動手時，大崎發現自己的身體動彈不得。

原來自己如此欠缺暴力的「表達能力」。

驀然間，眼前的岸野忽然微微揚起嘴角。

下一秒，大崎驚覺眼前只剩下自己的雙手。

「咦？」

不知從何處傳來微弱的聲音。

岸野的身影完全消失，不久之後從樓下傳來了類似巨大水球破裂的聲響。

大崎不必將頭探出欄杆查看，也知道發生了什麼事。因為在自己拍的這部電影裡，剛好也有將人推下樓的橋段。為了讓聲音聽起來更加逼真，大崎還特地查過人體從高處墜落的聲音，聽了好幾個版本。剛剛的聲響，確實很像其中一個版本。

大崎探頭一看，果不其然。這裡是六樓，直接墜落地面絕對不可能存活。

轉頭望向房內，大崎看見了兩張蒼白的臉孔。兩個人沒有發出尖叫，甚至沒有露出驚訝的表情，只像是時間停止了一般動也不動。

大崎看著兩人的表情，心中突然想通了自己將岸野推下樓的理由。

不是對他懷抱殺意。甚至不是對他的不肯戒毒感到憤怒。

而是因為感覺自己的電影遭到了藐視。

像你這種一輩子沒有使用過暴力的男人，光憑著想像，能夠拍出什麼像樣的暴力電影？這種程度的電影，就算沒辦法上映，也不是什麼值得惋惜的事……大崎彷彿聽見墜樓前一刻的岸野如此譏諷著。

驀然間，大崎看見視野的角落有什麼東西迅速移動。

原來是森本。他來到走廊上，確認了狀況之後，又閃身回到房間內。

「我們先離開這裡吧！」

森本的聲音異常低沉，幾乎看不出雙唇的移動。

「你說什麼？」福島以顫抖的聲音說道：

「救護車……得趕快叫救護車才行！」

「叫了也救不活。」

森本一邊說，一邊在房間內左顧右盼，接著走向門口。

「等等……」

「快一點！」

森本的怒吼聲讓福島整個人彈跳起來。森本不再理會她，轉身奔到走廊上，福島也匆匆忙忙地追了上去。

「導演！你也快過來！」

大崎聽見森本在門外催促，也趕緊走出房間。

森本朝著走廊深處奔去，經過三個房門，來到第四個房門口。那裡是大崎的房間。

「導演，鑰匙！」

森本急促地說道。大崎遞出鑰匙，森本立刻開鎖入內，快步走到房內的和室矮桌邊，將鑰匙拋在桌上。

「就當作我們三個人一直在這裡。」

大崎以陷入混亂的大腦聽著森本的解釋。

「以現在這個狀況，導演會被警察逮捕，電影沒辦法上映，岸野吸毒的事也會被攤在陽光下。我跟福島雖然不會被警察逮捕，但在現在的職場也會待不下去。」

大崎這才驚覺自己闖了禍。

──原來我做了會被警察逮捕的事情。

自己將岸野推下樓，殺死了他。

我成了殺人凶手……即使腦袋裡浮現了這句話，大崎依然有種置身在夢境裡的感覺。

「剛開始的時候，警察不知道這是自殺案件、意外事故還是凶殺案，應該不會貿然對外公布吸毒的事。幸好現階段警方還沒有針對吸毒的部分，對岸野展開強硬搜索行動。就算屍體出現了毒品反應，我們也可以基於維護過世者名譽，要求警察不要對外公開。」

「但是……警察只要稍微一查，就會知道這不是意外事故，也不是自殺。」

福島畏畏縮縮地看著森本說道。

「這個可能性確實很高。」

森本很乾脆地點了點頭。

「但我們三人只要互相證實不在場，應該就不會遭到警察懷疑。」

森本轉頭望向房門口。「沒有人知道我們曾經去過岸野的房間。」他接著說道。

「進入岸野房間的時候，跟離開房間的時候，我都確認過了，沒有被任何人看見。而且今天要跟岸野談吸毒的事，為了怕被人聽見，我把左右兩邊的房間也都包了下來，在門口掛上『勿打擾』的牌子，房間的鑰匙由我親自保管。」

福島的眼神左右飄移。顯然她的心中正在盤算著，怎麼做對自己比較有利。一旦對警察說實話，「自己負責的演員吸毒」一事就會浮上檯面，而且會被發現岸野遭到殺害的時候，自己也在現場。然而不對警察說實話，就意味著必須串供欺騙警察。

大崎思考著這一點，內心突然感到有些不可思議。為什麼自己可以如此冷靜？一個剛犯案的殺人凶手，應該更加驚慌失措，想盡一切辦法逃避罪責才對。

至少自己在劇本中描寫的，都是這樣的情境。但是當自己實際遇上時，才發現腦袋彷彿麻痺了一般，完全感受不到任何情緒。

雖然不知道福島最後會選擇哪一條路，但不管她最後決定怎麼做，大崎都會坦然接受。

最後福島緊咬著嘴唇，接受了森本的提議。

〈岸野先生，如果沒有你，這部電影絕對無法達到這個境界。〉

畫面上的自己，正凝視著岸野，以激動的口吻如此說道。

〈導演，你說這些話還太早，電影還沒拍完呢。〉

畫面上的岸野一邊苦笑，一邊接著說道：

〈我才要感謝導演，找我來拍這麼棒的電影。你的拍片現場，總是很有啟發性。〉

〈謝謝你的稱讚。〉自己的聲音異常亢奮。

這段影片，已經在好幾個節目上播放過。

「岸野紀之驟逝！」

「是意外還是自殺？」

畫面上正顯示著這幾排字，而且使用的是極具震撼力的字體。緊接著，畫面上又出現了自己的臉。

〈我本來已經跟岸野先生約定好了，一定要拍出一部好電影。〉

就在這時，桌上的手機響起。低頭一看，原來是母親傳來了訊息。

〈阿祐，我看了電視上的報導，真的嚇了一大跳呢。突然要面對那麼多採訪記者，一定很累吧？有沒有好好吃飯？岸野的事情很讓人遺憾，但他最後也說了，這是一部很棒的電影，你一定要好好加油，而且要注意身體健康。我跟你爸爸都支持著你。〉

大崎實在不想回覆訊息，關掉了電視，將頭仰靠在沙發椅背上。深深嘆了一口氣，以手指腹按壓眉心。

母親要是知道真相，不曉得會說出什麼樣的話？

不知道為什麼，大崎有一種事不關己的感覺。母親知道真相之後，應該會嚎啕大哭吧。一邊哭，一邊責罵為什麼要做這種蠢事。你口口聲聲在電視上說，要實現與岸野的約定，但其實是你自己殺了他？天底下還有比這更壞的人嗎？母親應該會哭著這麼說吧。

大崎也認為，自己是天底下最壞的人。做了這種事情，絕對不可能獲得原諒。自己總有一天會遭受懲罰，而且那懲罰會遠比當初直接自首要嚴苛得多。

——但我已經騎虎難下了。

一切都已成定局。

一如森本的預期，新聞媒體沒有在岸野死後公開吸毒的事。警方只對外宣布將針對意外、自殺及他殺等各種可能進行多方面調查，雖然案情引起了各種不同的揣測，但社會上的基本風向是哀悼老牌演員的驟逝。

各大電視台都製作了哀悼岸野的追思節目。臨死前剛拍完的電影成了他最後的遺作，因此各節目都加入了重點式的介紹。

預定上映本作的電影院迅速暴增，劇組人員倉促加拍的預告短片也在各談話性節目及其他各類型節目上反覆播放。

大崎這陣子則每天忙於剪輯工作。

在岸野的喪禮結束之前，因為採訪行程太多的關係，每天忙到沒時間做正事。直到大崎把大部分新聞報導的關鍵影像都提供給媒體記者之後，大崎才能夠幾乎不與任何人見面，專心處理電影的剪輯工作。

直到今天，大崎依然不敢相信，電影裡那活生生的岸野已經不在世上了。大崎出席了岸野的喪禮，出席了岸野的守靈夜，甚至參與了入殮儀式。但這些都像是電影裡的情節，沒有一點真實感。

事情剛發生不久，警察就找上了大崎。但因為三人已完成串供，擁有不在場證明，所以警察也沒有進一步追究。大崎甚至不確定自己有沒有引起警察的懷疑。

森本認為警方的主要調查方向，應該是毒品引發的糾紛。

驗屍結果應該已經確認了毒品反應，警方與毒品取締官之間應該也建立了合作關係。當初那影片會外流，代表岸野與藥頭之間一定發生過某種爭執。岸野正是因水面下的一連串恩恩怨怨，而丟掉了性命……不知道內情的局外人聽起來，這樣的情節應該是合情合理才對。

而且岸野既然吸毒成癮，代表發生意外事故甚至是自殺的可能性也絕對不低。

不久之後，甚至就連大崎自己也開始懷疑「那些才是真相」。岸野被自己推下樓什麼的，不過是一場惡夢。沒錯，岸野的死，與自己毫無關係。

但是就在案發四天後的下午，一通電話打碎了大崎的天真幻想。

電話剛響起的瞬間，大崎心裡就有了不好的預感。

一看見來電者是森本，這股預感更加濃了。

話雖如此，但是從森本的口中說出的，卻是沒有人事先預期到的事態發展。

森本上氣不接下氣地說道：

〈岸野的案子，警方好像將小島郁人列為嫌疑人。〉

森本接下來說出口的話，只能以匪夷所思來形容。

據說在岸野墜樓身亡的那個時間，有人聽見岸野的房間裡傳出小島的聲音。

「怎麼可能會有這種事？當時小島根本不在場。」

大崎皺眉說道。

〈是啊。〉森本粗聲粗氣地說道。

〈我也完全搞不懂，為什麼會傳出這樣的謠言。假如小島遭逮捕，這部電影同樣沒有辦法上映。〉

森本說得煞有介事，大崎的心中卻冒出了「這怎麼可能」的想法。再怎麼樣，警方也不可能相信那種毫無根據的謠言。

「這謠言到底是誰傳出來的？」

〈根據小島的經紀人的說法，是旅館的服務人員。聽說那服務人員當時剛好在附近的房間鋪棉被，聽見了小島的說話聲。〉

「當時兩邊的房間不是都已經掛上『勿打擾』的牌子了嗎？」

〈是啊，所以那只是空穴來風的謠言而已。〉

「為什麼工作人員要說出這樣的謠言？」

這正是最令人百思不解的地方。就算撒這種謊，作證的人也得不到任何好處。倘若小島真的因此而遭到逮捕，事後卻證實作證的人撒謊，那個人可能得背負偽證罪的刑責。不僅如此，在這個網路發達的時代，作偽證的那個人可能會被「肉搜」出來，在網路上公布照片及姓名。

畢竟偽證罪的受害者，可是堂堂「Minute5」的小島郁人。全國數十萬的粉絲絕對不會善罷甘休。

〈這我也不清楚。〉森本頓了一下，接著說道：

〈但目前最大的問題，是我們沒有辦法證實那是不實謠言。小島郁人沒有不在場證明，雖然我們都知道小島當時不在現場，但我們沒有辦法替他作證。〉

「當時小島在哪裡？」

〈聽說小島當時一個人在慢跑。而且他早就已經把這件事上傳到IG上。〉

既然已經在IG上宣稱「一個人在慢跑」，這表示如今沒辦法再找任何人來為他提供不在場證明。

〈當然我想小島應該不太可能被逮捕。從來沒聽過警察會因為毫無事實根據的謠

言，就冤枉好人。〉

森本說得氣憤不已。但大崎感覺心情有些古怪。

森本生氣的點，似乎是因為小島遭到冤枉。問題是實際將岸野推下樓的人，就是正在與他通電話的自己。

〈總之我們必須先找出作偽證的那個人，搞清楚那傢伙的動機，再來研擬對策。〉

森本嘴裡咕噥，簡直像是在自言自語。他不等大崎回答，就掛斷了電話。

大崎看著智慧型手機的螢幕畫面，感覺腦袋逐漸麻痺。

自己能算是運氣好？

森本是自由簽約的獨立製作人，而且還投資了不少錢在這部電影上，因此他對這部電影的期待，與大崎相比可說是有過之而無不及。相信他絕對不樂見這部電影無法上映。

正因如此，他才會想盡一切辦法幫助大崎逃避殺人罪責，就算作偽證也在所不惜。

——如果沒有森本的幫忙，不曉得現在我會落得什麼下場？

一定會當場遭到逮捕，並且在法庭上受到審判吧。罪名可能是謀殺……不，自己並沒有殺意，所以比較有可能是過失致死。

當然自己這次努力拍攝的電影，也會立刻落得禁止上映的下場。自己花了好幾年時間籌備，好不容易才全部拍攝完成的那些影片，都會被打入冷宮。

——那隻鳥的影片也不例外。

驀然間，大崎似乎明白自己為什麼會選擇逃避，而不是在第一時間就自首。

其實打從一開始，大崎就不認為自己能夠一直逍遙法外。當警方的偵辦持續進展下去，遲早會戳破自己的謊言。既然岸野有吸毒的惡習，身為導演的自己與岸野發生爭執也是合情合理的事。警方既然早已掌握岸野吸毒的事實，遲早會懷疑到這一點上。何況就算森本三緘其口，福島也不見得會願意一直守口如瓶。

照常理來想，立刻自首才是最明智的做法。

老實說出真相，並且表達反省之意。如果真的想要減輕罪責，就應該這麼做。

——但不管選擇哪一條路，最終的結果都是自己沒有辦法再拍電影。既然如此……

至少希望能夠等到這部電影上映，獲得了正當的評價之後，再坦承一切……這就是自己心中所打的如意算盤。

但如果小島遭到逮捕，自己的圖謀就會徹底化為泡影。

剛剛森本在說明狀況的時候，大崎心裡一直想著「警方絕對不可能因為這樣就逮捕小島」。但如今細細回想，大崎卻又覺得倒也不是完全不可能。

警方或許在案發現場沒有發現有力的物證。以陽台欄杆的高度，不太可能是意外墜樓。雖然懷疑是兇殺案，但遲遲無法鎖定嫌疑人身分。此時如果出現證人，能夠證明某個具有殺人動機且沒有不在場證明的人涉有重嫌，警方或許就會採信。

——沒有錯，小島具備殺害岸野的動機。

小島也對這部電影抱持很大的期待。倘若得知電影可能會因為岸野吸毒而無法上映，他可能也會一時怒不可遏，向岸野興師問罪。

大崎低頭看著自己的雙手。

逃過了法律的制裁，自己真的感到慶幸嗎？

雖然這次的電影沒辦法上映實在很可惜，但至少留得青山在，以後還有很多機會……自己真的能夠這樣想嗎？

大崎放下手機，轉頭面對剪輯儀器。戴上耳機，凝視著畫面。

畫面裡的岸野，正在跳著古怪的踢踏舞。

「我查出那個證人的姓名了。」

森本在打了那通電話的兩天後，來到了剪輯室。

「日野櫻，高三學生。」

森本一邊說，一邊遞來一片DVD。

「這是什麼？」

大崎看著森本問道。森本縮回拿著DVD的手，走向桌邊，將DVD放進DVD播放器裡。

「她以前參加過『Minute5』主持的節目。」

「她也是演藝人員？」

「不，她是一般民眾。」

森本回答得惜字如金，同時操縱起了遙控器。

「那個節目裡有一個單元，邀請一般民眾對著攝影機大喊平日不敢說出口的話。例如小孩子向父母提出增加打電動時間的要求，或是老爺爺喊出對妻子的感謝之意。對了，還有人利用那個節目公開求婚。如今那節目已經收掉了，當然那個單元也沒了，日野櫻是在三年前參加過。」

畫面上出現了Minute5的五名成員。森本以俐落的動作按下快轉鍵，直到畫面上出現熟悉的景色，才改為正常播放。

出現在畫面上的是一家旅館。正是上次拍外景時投宿的旅館，也就是岸野墜樓身亡的那棟旅館。

〈聽說這家旅館已經有一百六十年歷史。〉

隊長石神俊輔以陶醉的口吻說道。

〈我好想在這裡住上一星期，什麼也不思考。〉

〈隊長，看來你累了。〉

富田讓在一旁插科打諢。〈你以為是誰害我這麼累？〉石神皺起眉頭，走向附近的按摩椅，坐了下來。

〈啊啊……好爽……〉

〈隊長，按摩這種事，我來效勞就可以了！〉

富田撲上去纏住石神。〈我才不要，每次被你按摩都很痛！〉石神無視富田的糾纏。

大崎在心裡暗自點頭。原來如此，聽說富田讓擅長以各種貼心舉動博取廣大粉絲的好感，這也是其中之一吧。

聽說Minute5的粉絲之中，有不少「腐女」喜歡看成員之間像這樣互相打鬧。富田讓乍看之下像在嬉戲胡鬧，其實是在「服務粉絲」。

畫面上，池田慎平忽然轉起了禮品店前的扭蛋機。〈慎平，你真的很愛轉扭蛋。〉菅野猛苦笑著說道。就在這時，突然有人大喊了一句〈這個好吃〉，接著鏡頭快速轉動，只見小島郁人竟吃起了肉包子。

〈吃東西前也不說一聲！〉

菅野立即「吐槽」，小島沒有回應，只是反覆說著：〈這個真的超級好吃！〉

〈那是我們的招牌商品。〉旅館老闆娘忽然現身說道。

〈包含這包子皮，都是我們的員工親手製作。有很多客人並沒有投宿在我們的旅館裡，卻專程來買這包子呢。〉

〈噢？〉

這一段多半是事先套好的，小島卻是頻頻點頭，滿臉欽佩之色，彷彿他是第一次聽見這兩句話。

〈這肉包子確實有那樣的價值。〉

他一邊說，一邊又伸手拿起一顆肉包子。畫面上的他，此時雙手各拿著一顆肉包子。

〈阿郁真的是個貪吃鬼。〉

菅野再度吐槽。此時池田進入鏡頭內。他身上穿著粉紅色T恤，胸口多了一枚鰹魚造型胸章。

〈那是你剛剛在扭蛋機扭到的？〉

菅野問道。〈我最喜歡這種具有地方特色的東西，看到就會忍不住想要蒐集。〉池田露出心滿意足的微笑。那鰹魚有著寫實風格的造型，一般人就算拿到一枚，也會不知道能拿來做什麼。但如今別在池田的胸口，立即搖身一變，成為設計別出心裁的飾物。

〈在我們的肉包子裡，也加入了鰹魚肉。〉

老闆娘就在這最佳的時機開口說道。〈啊，難怪有著讓人欲罷不能的風味！〉小島說完後，又咬了一口。

對旅館來說，這段影片肯定是最佳的宣傳。即使這家旅館的所在位置相當偏僻，從東京要先搭一個半小時的飛機，再搭車一個小時才能抵達，相信還是會有不少

Minute5的粉絲特地前往這家旅館吃肉包子、轉扭蛋。

整個宣傳的過程非常自然，彷彿沒有一句話是設計對白。這個橋段結束後，畫面上出現了一名身穿制服的男國中生。

「這個男孩子是這一集的主軸，他要在電視上向班上女同學告白。」

緊接著畫面上出現三名女國中生。鏡頭朝著中央那個長得最可愛的女孩子拉近。雖然帶了一點鄉下女孩的土氣，但在三個女孩子之中，她的五官最為端正。

「這女孩子就是證人？」

大崎轉頭朝森本問道。

「不是。」森本指著畫面說道：

「證人是站在她旁邊的這個。」

森本所指的那個女孩子，臉部被畫面切掉了一半。跟畫面中央那個可愛的女孩子相比，身體至少寬了一倍，「肉感」或「豐腴」之類經過美化的字眼已不足以形容其體型。

Minute5的成員們一邊看著畫面，一邊問少年：〈你喜歡的是哪一個？〉少年指著中央的可愛女孩說道：〈她。〉

〈可是我比較喜歡她。〉小島指著旁邊的圓滾滾女孩說道：

〈她讓我食指大動。〉

〈阿郁，你這麼說會得罪人！〉

菅野趕緊以手肘頂了頂小島。池田此時忽然摀住耳朵，說道：〈不用擔心，我聽起來完全只有比較色的那個意思！〉

池田這麼一說，更加坐實了小島的言下之意是「比較不色的那個意思」。

小島的這句話，剛好呼應了前面的「肉包子」的橋段。

少年神情緊張地走到少女的面前，結結巴巴地告白。森本此時又按下了快轉鍵。

「這邊的告白，最後是以失敗收場。」

「這種情況下的告白也會失敗？」

大崎微微揚起了眉毛。

「這就是這個單元的巧妙之處。」

森本一邊說明，一邊取消快轉。

「告白有時候會成功，有時候會失敗，有時甚至在和少年、少女的父母交涉時，就會遭到拒絕。正因為不到最後一刻，無法得知結果，所以特別具有真實感，算是相當受歡迎的單元。」

「但是讓一般民眾互相告白，要是失敗了，場面不是會很尷尬嗎？」

「這種時候，Minute5會巧妙地炒熱氣氛。」

正如同森本的預告，畫面上的成員們開始安慰那名少年，節目還播放起抒情的背景音樂。

過了一會，小島忽然摸摸那名圓滾滾少女的臉頰，說道：〈妳乾脆在這家旅館打工好了。〉

那口氣有如花花公子的告白，登時讓那少女面紅耳赤，小島接著將她拉到肉包子攤的前面，說道：〈我覺得妳非常適合在這裡賣肉包子。〉

小島拿起肉包子，塞在少女的手裡。

〈看！完美融為一體！〉

小島興奮地拍手叫好。

少女此時又用另一手拿起一顆肉包子，變成了兩手各拿一顆肉包子的狀態。這正是剛剛小島才表演過的「貪吃鬼」的姿勢，但少女的模樣才真正有貪吃鬼的樣子。

肥嫩柔軟的手指，又圓又胖的油亮臉孔，笑起來會瞇成一條線的雙眼……那討喜的模樣，簡直就像是肉包子的吊飾娃娃。

下一秒，那少女忽然舉起肉包子咬了一口。菅野錯愕地瞪大了眼睛，趕緊吐槽一句：〈竟然吃起來了！〉小島則是捧腹大笑，連說了好幾聲〈太完美了〉。在工作人員們的爆笑聲中，旅館老闆娘快步走了出來，模仿剛剛少年告白的動作，對著少女大喊：〈拜託妳在我這裡工作！〉

少女先是吃驚地左顧右盼，接著一邊咀嚼肉包子，一邊點了點頭。下一秒，剛剛那抒情的背景音樂再度響起，成員們全都圍上前來。

單元就在這個「快樂結局」的氛圍下結束，森本按下暫停鍵。

「這個吃肉包子的女孩，就是證人日野櫻。」

大崎凝視著畫面上被小島搭著肩膀，臉上露出微笑的日野櫻。

就是這少女作了偽證？但是從那純樸的笑容，實在看不出她是個會說謊陷害別人的人。

「她後來真的在這家旅館工作？」

「嗯，而且這集節目播出之後，有好一段時間，她的知名度相當高，簡直像是成了這家旅館的肉包子代言人，一天到晚有人找她拍照。」

「你怎麼會知道她就是證人？」

照理來說，警方絕對不會洩漏證人的身分，尤其是對可能帶有嫌疑的人，以及其身邊的人。

「由木說的。」

森本說道。由木是Minute5的經紀人，全名是由木草介。他是個相當老練的經紀人，手腕和福島不可同日而語。Minute5能夠成長為頂尖偶像團體，由木草介功不可沒。

「Minute5所屬的藝能經紀公司，在各地方的警察組織裡都有人脈。負責偵辦本案的警界人士之中，有人認為日野櫻作了偽證，因此把她的身分洩漏給了由木。」

「何以見得日野櫻作了偽證？」

「多半是證詞有些不合理的地方吧。事實上她確實是作了偽證沒錯。」

「可是……為什麼這女孩子要做這種事？」

這正是最大的疑點。作偽證不僅沒有任何好處，而且還有相當高的風險。粉絲們要是知道是她作了偽證，讓小島郁人蒙上不白之冤，一定會氣得直跳腳吧。何況由木為了保護小島，也有可能把日野櫻的個資洩漏給粉絲們。

大崎越想越覺得沒有道理。

「而且……這女孩子自己難道不是小島的粉絲？」

大崎指著螢幕上小島搭著少女肩膀的靜止畫面。

自己因為職業的關係，早已接觸慣了演藝人員，但在一般人眼裡，演藝人員的光環是非常強大的。就算是在電視上看起來不怎麼樣的人物，一般人如果實際遇上了，還是會震懾於演藝人員散發出的氛圍。

正因為一般人很難得有機會能遇上演藝人員，所以只要遇上一次，該演藝人員往往會成為那個人心中「最特別的演藝人員」。從此之後，只要看見該演藝人員的臉，或是聽見其名字，當初相遇時的景象就會重回心頭。這麼一來，就會產生一種「我跟其他人不同，我親眼看過真正的他」的優越感，這會誘發更加想要給予支持及鼓勵的心情。

小島郁人雖然在團體裡比較不起眼，但好歹也是國民偶像團體的一員。只要仔細觀察，就會發現他長得眉清目秀，整個人散發出的巨星風采也不是一般的演藝人員可以比擬。

堂堂的小島郁人不僅出現在少女的面前，而且還對少女產生了興趣，摸了少女的臉頰，說了類似甜言蜜語的話。一般的國中女生應該是絕對招架不住才對。

「這確實有道理。」

森本也狐疑地歪著頭說道：

「如果她是小島的粉絲，為什麼要故意做出這種陷害小島的事情……？」

森本才剛說完這句話，大崎將拳眼抵在嘴邊，呢喃說道：

「搞不好正因為是粉絲，所以才做出這種事情？」

「正因為是粉絲？」

森本雙眉之間的皺紋更深了。大崎點頭說道：

「那是一種扭曲的粉絲心態。」

大崎越想越覺得一定是這樣沒錯。

並不是每個粉絲都希望偶像更上一層樓，也不是每個粉絲都願意扮演在背後支持的角色。

偶像的成功，反而可能會讓某些粉絲感到難過，因為感覺偶像離自己更遠了。有些粉絲雖然喜歡某偶像，卻會在其他人的面前說那個偶像的壞話。這就是所謂愛之深，責之切。正因為我見過那個偶像不為人知的一面，所以我可以提出批評，不像其他粉絲只能無條件地讚美……這也算是一種虛榮心作祟吧。

當這股狂熱的思戀之情逾越了分寸，可能就會產生想要傷害對方的衝動。

森本一臉嚴肅地點點頭，說道：

「當然也有可能是更單純的情況。站在那少女的角度來看，她按照小島的吩咐，在那家旅館工作。這次我們的電影拍外景，剛好又投宿在那家旅館。她原本期待小島看見她會相當感動……」

「沒想到小島早已將她忘得一乾二淨。」

大崎代替森本說出了最後一句話，同時再次轉頭望向畫面。

小島生平拍過無數次外景，每次他都只是專心扮演好自己在節目中的角色。站在他的立場來看，三年前的那場外景，不過是無數次外景的其中一次。或許他會記得那家旅館，但是肯定不會記得那個長得像肉包子的女國中生。

「小島根本沒有去找她，讓她相當失望。剛好在她工作的日子發生了墜樓事件，所以她決定撒謊，說出虛假的證詞……」

大崎說完這幾句話，森本拉高了音量，接著說道：

「小島如果遭到逮捕，而且被起訴，日野櫻至少能以證人的身分，在法庭上再度見到小島。」

大崎與森本不由得對看了一眼。

大崎將租來的車子停在路旁，確認了汽車導航系統上的位置，接著取出雙筒式望遠鏡，望向道路前方的一棟屋子。

那是一棟兩層樓的透天厝，有著青灰色的外牆。像這樣的房子，就算是在東京都內，也是隨處可見。

建物及庭院都不算小，以空間來說算是相當奢侈，但是風格設計上說得好聽點是簡單樸素，說得難聽點就是毫無特色可言。

大崎低頭看了一眼手錶，接著抬頭望向大約一百公尺前方的公車站牌。

來到這裡的一路上，大崎遇上了好幾個走過來搭話的居民。你是哪位？你是從哪裡來的？有的居民還特地停下田裡的工作，走上前來問東問西。大崎很清楚鄉下人的心態，明白他們問這些絕對不是基於單純的關心。

大崎自己從小在橫濱長大，對於這種封閉、排外的鄉村文化的理解並非來自於兒時的耳濡目染，而是因為長大後經常為了拍電影而到各地進行採訪或勘查地形，經常遇上鄉下人流露出明顯的警戒之心。

光是一輛車牌號碼為「WA」開頭的車子[6]，就能讓那些鄉下人如此大驚小怪。倘若被他們察覺自己守在民宅前探頭探腦，難保他們不會報警處理。

根據由木查到的地址，日野櫻下班回家時，應該會在那個公車站牌下車，沿著這條路走回家。公車的預定抵達時間剛過，縣道上還沒有公車的蹤影。

快點來啊！快一點！大崎越等越是心焦。在這種地方逗留太長的時間，很可能又會引來附近鄰居的懷疑。由於等等要對日野櫻說的話非比尋常，無論如何一定要保持低調才行。

不要緊張，一定會很順利的。大崎以中指輕敲著方向盤，不斷這麼告訴自己。

只要自己的猜測沒有出錯，要讓她收回證詞應該是一點也不難才對。

我可以安排讓小島和妳見面……只要對她說出這一句話就行了。

要簽名、要拍照，全都沒有問題，只要妳願意救救小島。這件事只有妳才做得到。

既然她是小島的粉絲，只要自己這麼懇求，她應該會樂於接受才對。雖說她自己

---

[6] 在日本，車牌號碼為「WA」開頭的車子必定為出租車。

就是陷害小島的罪魁禍首，與其說是要她「救救小島」，不如說是要她「高抬貴手」。但為了避免惹惱她，還是改一下說詞比較好。

大崎又等了三分鐘左右，公車終於抵達了。

公車上只有一名乘客下了車。那是一名少女，留著及胸的長髮，身上穿著迪士尼卡通人物圖案的連帽上衣。大崎一眼就看得出來，她不是日野櫻。

因為眼前這少女的體型，與影片裡的日野櫻有著天壤之別。形狀姣好的臀部，以及修長的雙腿，都與日野櫻那有如肉包子的體型截然不同。

難道日野櫻沒有搭上這班公車嗎？大崎目送著公車離去後，偶然將視線移回少女的身上，驀然有股奇妙的感覺。

那微厚的嘴唇，以及眼睛旁邊的痣……好像在哪裡看過。

大崎急忙下了車，取下太陽眼鏡，朝著少女奔了過去。

「抱歉，打擾了！」

少女嚇得肩膀抖了一下，將手中的提包抱在懷裡。雖然她的外貌與影片裡的日野櫻相去甚遠，但如果仔細觀察，會發現五官的形狀大致相同。

「啊……對不起，讓妳嚇了一跳。我是一名電影導演。」

大崎取出名片，遞給日野櫻。

日野櫻並沒有伸手來接，只是伸長了脖子，瞪著名片上頭的字。那疑神疑鬼的態度，與三年前那討喜的「肉包子」簡直不像是同一個人。

大崎遲疑了一下，心裡盤算此時與其拐彎抹角，不如直接了當地說出自己的來意。

「我就開門見山地說吧。因為妳的證詞，如今小島被警方列為嫌疑人。如果小島遭到警方逮捕，我們好不容易拍攝好的電影就沒有辦法上映了。」

大崎見日野櫻不收名片，心想這樣正好，於是趕緊將名片放回名片盒裡。如果可以的話，最好別讓她的手上握有自己的名片。

「我今天來找妳，就是想請妳幫幫忙。」

大崎盡可能使用溫柔的口吻，同時正眼凝視著日野櫻。

「我希望妳能立刻收回證詞。」

日野櫻完全沒有應答。

從她的臉上，看不出一絲一毫的情緒反應。

大崎感覺到自己的臉頰在微微抽搐。明明只不過是一個鄉村少女，卻看得自己心頭發毛。自己明明見過許多本性更加凶惡、態度更加強硬、性格更加古怪的難纏人物，怎麼會害怕起這麼一個乳臭未乾的女孩子？

「如果妳怕被罵，不敢一個人去找警察，我可以陪妳去。」

「不敢？」

原本毫無反應的日野櫻，突然重複了大崎的話。

「呃，倒也不是不敢……該怎麼說呢？總之我會幫妳說話，盡可能不讓妳被罵。」

「你的意思是叫我撒謊？」

大崎吃了一驚，仔細打量日野櫻的表情，才發現她那雙眸正目不轉睛地凝視著自己。如針般的銳利視線，讓大崎一時腦袋混亂。

撒謊？她到底在說什麼？撒謊的人明明是她，自己只是要求她撤回謊言而已。

大崎搔了搔頭，歪著腦袋說道：

「呃……妳說聽見小島的聲音，那應該是假的吧？」

「為什麼你會認為是假的？」

眼前的少女如此反問，語氣沒有絲毫遲疑。

「那是因為……」

反而是大崎忍不住別開了視線。

「那天小島吃完晚餐後，就出去慢跑了，根本沒有去岸野的房間。」

少女想也不想地說道：「出去慢跑才是假的。」

——這女孩子到底是怎麼回事？

她才是說謊的一方，這一點自己百分之百可以肯定，偏偏自己沒有辦法當著她的面說出那個祕密。

大崎強忍住想要嘆氣的心情，略一沉吟之後，話鋒一轉，問道：

「老實說吧，妳的目的是什麼？」

大崎忽然覺得跟這個女孩子在話術上爾虞我詐，實在是一件沒有意義的事。與其探她的口風，不如直接要她開出條件，才是最省時省力的做法。

「妳應該很想和小島再見一次面吧？」

少女驟然繃緊了臉部的肌肉。她的臉上有不少青春痘的痕跡，讓大崎不禁感慨，畢竟眼前這個人只不過是個正值青春期的女孩子。「日野小姐……」大崎瞬間感覺心情已不像剛剛那麼緊張，於是柔聲說道：

「小島並沒有做錯什麼，但是這次的事情，卻會讓他失去一切。我指的可不只是這部電影，如果再這樣下去，他可能一輩子都沒有辦法再上電視了。」

少女的瞳孔微微晃動了一下。

大崎感覺這句話似乎有了一點效果，趕緊接著說道：

「妳不是小島的粉絲嗎？如今能夠拯救小島的人，就只有妳了。」

這句話是大崎事先設想好的殺手鐧台詞。

沒想到少女一聽，卻微微揚起了嘴角。

「你好像搞錯了什麼。我一點也不想見小島郁人，也不想拯救他。」

大崎聽了她那極度不屑的口氣，霎時感覺到一股冷汗沿著背脊緩緩流下。

或許……自己跟森本犯了一個非常大的錯誤。

「……莫非妳在生小島的氣？」

少女並沒有點頭，但至少她這次沒有否認。

——如果她真的是在生氣，那一定是因為……

「當初小島遇上在那家旅館工作的妳，或許表現出來的態度有些冷淡。」

大崎舔了舔嘴唇，接著說道：

「但那是因為他這次的工作不是拍綜藝節目，而是拍電影，而且他飾演的是一個過去從來沒有挑戰過的角色，所以他必須全心投入。」

大崎凝視著日野櫻，接著又說道：

「何況……妳的外表變了很多，三年前雖然也很可愛，但現在變得漂亮得多，小島沒有認出妳，實在也不能怪他。」

少女又是毫無反應。

但是到了這個地步，總不能摸摸鼻子轉身離開。

「警察不會一直被蒙在鼓裡。他們只要仔細一查，一定會發現妳撒了謊。妳現在趕緊承認，頂多只是被警察罵個兩句而已。但如果小島被列為嫌犯的事情登上新聞媒體，到時候才發現妳撒謊，小島的粉絲們絕對不會輕易放過妳。」

事到如今，只好用恐嚇的方式了。大崎一邊說，心裡一邊暗想。

「到時候妳的姓名及照片都會被公布在網路上。妳住在這種鄉下地方，地址很容易就會被查出來。粉絲們絕對不會原諒妳，而且報復的手段一定會越來越偏激，沒有人知道他們會對妳做出什麼事。」

少女垂下了緊繃的臉孔。大崎再度恢復和顏悅色的表情，以充滿熱情的口吻說道：

「我這部電影，有很多鏡頭都拍得很好。現在所有的拍攝工作都已經結束了，我有把握這一定會是一部很棒的作品。一部電影要完成，需要很多人同心協力。如果再這樣下去，所有人的努力都會化為泡影……」

驀然間，少女抬起了頭。

大崎承受著少女的視線，將身體往前探。看來她已經被打動了，只差臨門一腳。大崎心裡如此想著。只要再加把勁……

「我們在這一帶拍外景，真的拍到了許多很好的鏡頭。例如有一幕是掩埋屍體，天上忽然掉下來一隻死掉的小鳥，因為這個奇蹟，那一幕變得非常完美。」

大崎不知道該如何說明那一幕有多麼難能可貴，心裡不禁有些懊惱。

「小島挑戰了過去從來沒有飾演過的角色，沒想到竟然演得活靈活現，真的相當帥氣，妳想不想看？」

如果能夠讓她說出「想看」，那就萬無一失了。小島沒有洗刷嫌疑，電影就沒有辦法上映。所以想要看這部電影，就必須幫助小島洗刷嫌疑。

「我這部電影如果被打入冷宮，真的會是很可惜的一件事。」

大崎原本以為這句話會成為最後一擊。

沒想到就在這個瞬間，少女周圍的空氣彷彿下降了好幾度。

——咦？

少女微低著頭，慢條斯理地開口說道：

「要是被逮捕，電影就沒辦法上映……當初你們也是這麼說的。」

大崎陡然全身一顫。

「『你會害這部電影沒有辦法上映！你不是說過，一定要拍出好電影嗎？今天好不容易才拍到那麼棒的一幕』……」

大崎聽得目瞪口呆。

——這些話……都是當時……

「好像是為了吸毒的問題，發生了爭吵吧。」

日野櫻的口氣，彷彿像在唸出一段寫在空中的文字。

「當我把這句話告訴警察時，警察嚇了一跳，後來他們就採納我的證詞了。」

大崎一時感覺天旋地轉。

岸野的吸毒影片雖然被刻意公開，但只在業界內的小圈子裡流傳，並非在網路上任人下載。一介女高中生絕對不可能知道岸野吸毒的事。

——那個時候她真的在附近，聽見了我們的對話？

「妳是怎麼……」

但是兩側的房間應該都沒有人才對。

「那時候我在壁櫥裡找枕頭，聽見上面的房間傳來說話聲。」

——上面……？

大崎感覺到一股寒意沿著雙腿向上竄升。

今天自己實在不應該來到這個地方。

她是真正的證人。多虧她作了偽證，引開了警察的注意力，自己才沒有遭到警察懷疑。

「你們那時候也是這麼說的。」

日野櫻的一句話，又讓大崎全身一震，抬起了頭。

「難得拍到了這麼有趣的內容，如果被打入冷宮的話，實在是太可惜了。」

這沒來由的一句話，卻讓大崎皺起眉頭，完全摸不著頭緒。

——那個時候，是指什麼時候？

把岸野推下樓的那個晚上，自己並沒有說過這樣的話。

「我哭著求你們不要播，你們不但不答應，還說什麼那段脫序演出非常棒，對我也是非常難得的機會……」

「……妳說的該不會是……當年的那個綜藝節目吧？」

「機會？什麼機會？在電視上受到關注的機會？為什麼你們會認為每個人都會想要那樣的機會？在節目裡被當成笑柄，大家都叫我肉包子，我怎麼可能會希望這樣的節目在電視上播出來？」

「可是……」大崎忍不住說道：

「妳當時不也面帶微笑嗎？」

沒錯，當初她明明相當配合。被小島調侃之後，她還故意拿起另一顆肉包子，放在嘴邊咬了一口……

日野櫻並沒有回答這個問題。她接著以低沉而緩慢的聲音說道：「在我們這種鄉下的小地方，一旦被認定『這女的可以取笑』，你知道會有什麼後果嗎？」

她頓了一下，接著說道：

「大家都叫我肉包子，而且還以為我很喜歡這個綽號。後來我告訴大家，其實我很討厭這個綽號，請大家不要再這麼叫我，他們卻說我在節目上明明看起來很開心。」

少女說到這裡，眼眶已經紅了。

「『如果妳真的不喜歡，當初就不應該配合』、『能夠讓小島調侃，可是妳的福氣』、『不過就是個肉包子，還這麼多意見』……我不想再聽見他們對我說這種話，所以我很努力減肥。沒想到減肥成功之後，他們卻說我『胖的時候比較可愛』、『糟蹋了一顆肉包子』。」

大崎聽到這裡，不由得心中一驚。

自己心裡其實也有相同的想法。

「瘦到這個程度，再也沒有人叫我肉包子了。但我永遠忘不了這段往事，因為我只要一在電視上看見那個人，就會被迫想起來。」

少女瞪著眼睛說道：

「所以我一點也不想看見小島郁人的臉。」

她重複了一次相同的話。

「我希望他永遠不要出現在電影或電視上。」

她的聲音微微顫抖，但沒有掉下眼淚。

小島郁人是當紅偶像，想要不看見他的臉，除非不看電視。但如今少女多了一個方法，可以讓小島自己消失。

關鍵就是大崎當初對岸野及福島說的話。

〈要是遭到逮捕的話，還談什麼工作！〉

日野櫻在正下方的房間裡，聽見了這句話。

〈不只是接下來的工作，包含這部電影，以及你拍過的所有連續劇及廣告，全部都會無法播放〉……這正是她求之不得的狀況。

少女低頭看著自己的雙手，同時將雙手緩緩握緊。

「你說得沒錯，警察很快就會查出我在撒謊。到頭來，我還是沒辦法讓小島郁人從演藝圈完全消失。」

數秒鐘之後，她的雙拳鬆了開來，有如花朵綻放。

「而且到了那個時候，我又會變成大家的笑柄，我才不想再過那樣的日子。」

少女目不轉睛地凝視著大崎。

「何況還有一些人滿腦子只想著要保護那個『最棒的一幕』，卻讓小島郁人揹黑鍋。」

大崎到此終於深信自己真的是大錯特錯。

今天不應該來到這個地方，不應該與這名少女見面。

但如今後悔已經太遲了。

少女揚起了嘴角，笑著說道：

「我決定照你的建議，收回假的證詞，說出真話。」

# 含羞草

「妳真是一點也沒變呢。」當他說出這句話時，他的表情才真的是一點也沒變。

那雙眼瞇成了兩條線的笑容，彷彿看見了什麼最心愛的事物。雖然一切是那麼自然，卻也像是熟知什麼樣的表情能帶來什麼效果的刻意作為。

我不禁打了一個寒慄，「為什麼」三個字不斷迴盪在腦海。

為什麼這個人會出現在這個地方？

「好久不見。」

跟記憶中的聲音相比，他此時的聲音顯得低沉得多。乍聽之下雲淡風輕，深處卻隱藏著拒人於千里之外的固執。

我急忙低頭望向手邊。

擺在桌上的號碼牌背面，寫著我相當熟悉的「瀨部庸平」四字。

我霎時感覺耳後發燙，趕緊撥頭髮蓋住。

「哇，好久不見！」

我放空心思，嘴裡說著不知說過多少次的話，同時將雙手手指在胸前併攏。「你來了，我好開心！」

像這樣的話，我在這場簽書會上已經說過無數次。

對象可能是以前見過面的書迷，可能是經常在IG上留言的書迷，可能是特地將照著我的書做出來的料理帶來給我看的書迷，也可能是買了禮物要給我的書迷。此時我說話的口吻，就跟對那些書迷們說話的口吻如出一轍，這讓我偷偷感到鬆一口氣。接著我告訴站在我身邊的責任編輯：「這位是我從前還在念書的時候，打工職場的同事。」

「噢，真的嗎？」編輯或許是根本沒有注意到他的表情，喜孜孜地說道：「有這樣的人一直在背後支持著，真是太好了。」

看來編輯沒有察覺我跟他的關係。我先是鬆了一口氣，但轉念又想，這不是理所當然的事嗎？

第一，瀨部的年紀比我大上不少。第二，天底下有哪個男人會特地參加前女友的簽書會？

何況如今我已經結了婚，瀨部則是打從當年就是有婦之夫。

「我真的好開心。」

眼前的男人聽我又重複了一次這句話，表情有些不悅。我的內心深處霎時感到莫名的徬徨與焦躁。

「真沒想到瀨部先生也會要我的簽名書，這種感覺真不可思議。」

我故意以半開玩笑的口吻說道。

光是握緊簽字筆，寫下「瀨部」兩字，就讓我感覺一顆心噗通亂跳。這種心慌意亂的感覺，令我更加不知所措。

回想當年，我不知寫了這個名字多少次。

當時我在辦公室裡的工作之一，是接聽電話。每次接起電話，如果來電者想要找的對象剛好不在，或是正在講電話，我就會請對方說出想要轉達的話，寫在便條紙上，放在那個人的辦公桌上。

雖然那已經是九年前的事了，但此時就連當時最常來電的印刷廠聯繫人員的名字都浮上心頭，那甜膩的回憶幾乎讓我窒息。

因為每當我把自己想要說的話寫在便條紙上，偽裝成電話留言交給瀨部時，我總是會借用印刷廠聯繫人員的名字。例如我可能會一邊說「吉浦先生來電」，一邊以便條紙上的文字暗示今晚要不要去喝一杯。這時瀨部就會露出皮笑肉不笑的表情，一邊將便條紙藏入掌心，一邊回答「好，我會回電給他」。

我跟他在公司裡，從不做出逾越「正式職員與工讀生」關係的舉動。我的言行舉止甚至比其他工讀生更加低調內斂，卻不停與他進行著祕密的對話……為了甩開浮現在腦海的種種回憶，我加快了簽名的速度。

「瀨部先生，你現在在編什麼樣的書？」

「我離職了。」

「咦？」

我望向他那深褐色鏡框的眼鏡。就在我跟他四目相交的瞬間，我不由得打了個哆嗦。

「換工作嗎？」

「我已經不幹編輯了。」

我忍不住又發出「咦」的聲音。

「為什麼？」

「有很多原因。」

瀨部露出苦笑。口頭上說有很多原因，語氣卻連一個原因也不想說明。他拿起我還沒寫上日期的簽名書，瀟灑地揮揮手，說了一聲：

「看來妳過得不錯，那我就放心了，拜拜。」

接著他毫不猶豫地轉身離去。

我忍不住想要大喊「等一下」，最後我沒有發出聲音，單純只是因為排在後面的書迷已經走上前來了。

書迷以雙手恭恭敬敬地遞上書，我說了一聲「謝謝你」，面帶微笑伸手接過。

我看著握筆的手微微顫抖，這才驚覺自己的心跳快到讓我隱隱作痛的程度。

——這是怎麼回事？

為什麼他會突然跑來見我？

他離職了？

各種混亂的思緒在我的腦海裡不斷激盪、盤旋。

事實上這也是讓我相當熟悉的感覺。和瀨部在一起的那段日子裡，我幾乎每天都處在混亂的狀態。他突然走進我的生命之中，卻又溫柔地拒絕我。與他的交集越多，我就越覺得自己的一切正在失控。我打從心底認為自己應該要趕快逃走，卻又沒有辦法主動離開他的身邊。

後來我跟他會分手，是因為我去見了他的妻子。

我查了公司職員的通訊錄，未經他的同意就跑到他家去。但是當我跟他的妻子正面相對的時候，我竟然一句話也說不出口。最後我只問了一句「請問到車站怎麼走」，就匆忙離開了。雖然我沒有報上姓名，但事後瀨部馬上就猜到那個「可疑的女人」就是我。

「不要做這種莫名其妙的事好嗎？」瀨部這麼責怪我的時候，我因為強烈的懊悔與恐懼而流下了眼淚，內心深處卻又有一種鬆一口氣的感覺。

這下子我終於可以讓瀨部主動離我而去。

我辭掉了打工，後來瀨部也沒有再與我聯絡，兩人的關係就這樣宣告結束。那一年我二十一歲。

剛與他分手的時候，我心如刀割。但隨著日子一天天過去，我漸漸打從心底慶幸當時與他斷得一乾二淨。

對我來說，那是一段不成熟、不安定的特別歲月。不，正因為是與他在一起，我才會陷入如此無法自拔的泥淖。

我一邊與眼前的女書迷握手，一邊想著，幸好我是在簽書會上遇到他。

如果不是這種被綁住的情況，我一定會從後頭追趕上去吧。

他為什麼會參加我的簽書會？

他為什麼會辭去編輯的工作？

他遇上了些什麼事？他現在在做什麼？

這些疑問就像是一些不高明的釣餌。若不是我正在自己的簽書會上，肯定會忍不住主動上鉤吧。

簽書會結束之後，責編邀我一起喝一杯慶祝，但我實在沒有那個心情。於是我以「有點累」為藉口回絕了。我提著裝在紙袋裡的信及禮物，踏上了歸途。

回程的電車上，我剛好有座位可以坐，所以我整理起了手上的紙袋。由於紙袋有三個，拿起來實在有點麻煩，於是我把它們放在大腿上，打算全部整理進一個最大的紙袋裡。

我在簽名的時候，編輯都會在收到的信或禮物的邊角寫下書迷的名字，以便在日後回覆感謝信。就在我一一確認名字的時候，「瀨部先生」這幾個字映入我的眼簾，令我倒抽了一口涼氣。

我匆匆忙忙打開那袋子，一看見裡頭的小紙片，我更是感覺心臟用力收縮了一下。

〈我在對面大樓的酒吧等妳。〉

我在心裡告訴自己絕對不能跟他單獨去喝酒，但是當我回過神來，我發現自己已經下了電車。

心跳的聲音，幾乎讓我感到刺耳。我按著胸口，奔進了月台另一邊的電車裡。

——已經過了一個半小時。

他不可能還在等我，一定早就回家了吧。我一方面懊惱自己為什麼沒有早點把袋子打開，一方面卻又慶幸這才是最好的結果。我不知道自己的心到底偏向哪一邊，但我的身體轉向車廂的另一側，跟著其他下車的乘客離開了車廂。

來到大樓的前方時，我猛然恢復了理智。

我到底在幹什麼？剛剛舉辦簽書會的地方就在對面，這個時候隨時可能有人正在看著我。

我做了一次深呼吸，走進開啟的電梯內。一股奇怪的氣味撲鼻而來，那聞起來像是車站廁所的洗手乳，與陳年的油臭味混合在一起，讓我感覺一陣噁心。

我屏住呼吸，按下了樓層按鈕。

回想起來，我今天早上出門的時候，剛好遇上了垃圾車的時間。大樓的清潔員抱著大量的垃圾走出來，當時我也是像現在這樣屏住呼吸，快步通過清潔員的身邊。等到拉開一些距離之後，我才開始呼吸，但還是覺得隱約聞到腐臭的氣味。當時我感覺很不舒服，總覺得那股臭氣已經滲透到了我的衣服裡。

我匆匆走出電梯，逃離了那股氣味。酒吧就在我的眼前。雖然我很想補個妝，搽一點香水，但是店外似乎沒有廁所。

我一邊深呼吸，一邊挺直腰桿，踏上那深紅色的地毯。

這家店與其說是酒吧，其實更像是一家小型的居酒屋，牆壁上貼滿了手寫的菜單。

我在狹窄的店內左右張望，看見了瀨部。他就坐在吧檯的最深處。

他彷彿知道我已經來了，以非常自然的動作拉開旁邊的椅子。

「辛苦了，沒想到妳會來得這麼快。」

「快？已經過了將近兩個小時。」

我坐了下來，故意對他連看也沒看一眼。他將飲料的菜單推到我面前，同時朝店員舉起了手。

「我以為應該會有慶功宴什麼的，不會這麼早結束。」

店員立刻送上小毛巾。我猶豫了一下，點了一杯烏龍茶。

「不喝酒？」

「今天有點累，不想喝。」

「噢，原來如此。」他隨口應了一聲，顯得完全不放在心上。我心裡有些懊惱，果然不應該來赴約。

「沒有慶功宴？」

「有是有，我提早離開了。」

經過片刻的沉默，我看見瀨部瞇起雙眼，這才驚覺自己這句話背後的意義。

「你可別誤會，我不是為了趕來見你才提早離開。我是因為覺得有點累，所以提早離開了，後來才看見你寫的紙條。」

「原來如此，謝謝妳這麼累還來見我。」

他的話中帶著笑意，顯然早已看穿了一切。

我舉起烏龍茶跟他乾杯，他不斷向我推薦店內的料理，直說每一道都很好吃。高湯蛋捲、魩仔魚菜頭沙拉、山芋涼拌山葵、炸雞翅……每一道料理看起來都平凡無奇，似乎在任何一家居酒屋的菜單上都看得見，但是都真的好吃到讓我嘖嘖稱奇。

這不禁讓我想起了從前和瀨部相處的時光。那時候他經常帶著我，像這樣到處品嚐美味的料理。

和他分手之後，我開發出的好幾道料理，都只是為了重現記憶中的滋味。

「這到底是用什麼提味？」我不禁呢喃自語。他在一旁聽見了，笑著說了一句「真不愧是料理研究家」。

我聽他口氣中帶著取笑的意味，正想要發脾氣，卻聽他接著說道：

「話說回來，真沒想到妳會變得這麼有名，還能舉辦簽書會。」

就這麼一句話，竟然就消了我的怒氣，讓我不禁為自己的單純感到哭笑不得。

「你很吃驚？」

「很吃驚。」

瀨部率直地點了點頭，對我露出微笑。那正是他剛剛在簽書會上對我露出的微笑，讓我忍不住低下了頭，避開他的視線。驀然間，他以乾粗的手掌摸了摸我的頭，說道：

「可見得妳一定很努力。」

就在那一瞬間，我彷彿感覺到有什麼原本沉在心靈深處的事物慢慢向上浮起。

明明已經過了九年。

我花了好久的時間，好不容易才讓傷口痊癒，遇到了現在的丈夫。如今我已結了婚，應該已經徹底脫胎換骨才對。我以為自己已經變成了一個真正的大人，一個就算與瀨部重逢，內心也不會有絲毫動搖，不會再被牽著鼻子走的大人。

但是到頭來，我發現自己匆匆忙忙來到他的面前，就只是為了聽他說這句話。

其實我早有預感，終有一天會與瀨部重逢。

因為瀨部任職的公司出版過很多本食譜，我所寫的食譜正是他們感興趣的書籍。

我原本在一家電影發行公司上班，基於個人興趣而經營一個料理部落格。後來我的部落格漸漸小有名氣，有出版社將我的部落格內容出版成冊。沒想到這本書竟然相當暢銷，從此之後就有越來越多的出版社來委託我寫食譜。我心裡早就猜到，當我的名氣越來越響，總有一天瀨部任職的公司會找上我。不僅是我自己這麼想，其他出版社的編輯也這麼跟我提過，我一直為這一點感到有些煩惱。

雖然瀨部應該不會親自前來，但就算是他的同事負責，總會有必須到編輯部討論細節的時候。編輯部辦公室只有一個，很有可能會跟瀨部遇上……我一直以為這是我心中的隱憂，如今我才驚覺，我一直在期待著這一天的到來。

甚至可以說，我那麼努力寫食譜，有一大部分的目的就是為了讓這件事成真。

「今天這本新書，印了多少本？」

瀨部一邊點菸一邊問道。

只要知道印了幾本，就可以知道收入有多少。雖然是一個很失禮的問題，但不知道為什麼，從他的口中說出來絲毫沒有市儈感。

「初版五萬本，三天前加印了一萬本。」

「哇，真不愧是暢銷作家。」

瀨部仰頭朝天花板吐出一口煙霧。

「老實說吧，一年有多少收入？」

「每年有些差距，大概兩千萬吧。」

其實我說的是最高那一年的收入。

「看來妳已經完全是個暢銷作家了。」

「不知道能持續幾年。」

「以妳的能力，我相信會一直持續下去。」

我聽他說得信心十足，頓時感覺肚子裡像是有一把火在燒，有如一口氣灌了一大口烈酒。

「聽你這麼一說，連我也感覺好像能持續下去。」

「一定可以，放心吧。」

我揚起了嘴角，轉頭向店員點了一杯高球[7]。灌了一大口之後，我主動開口問道：

「你為什麼要辭掉工作？」

「有很多原因。」

他的回答跟剛剛一模一樣，顯然是不想告訴我。我心裡正感到有些無趣，卻聽他接著說道：

「其實我只是找到了其他更想做的工作。」

「更想做的工作？」

「差不多五年前吧，我因為工作的關係，接觸了一位粧佛師傅。」

「粧佛師傅？」

「專門製作佛像的人。」

瀨部的眼中浮現了一抹輕蔑之色。但那眼神一閃即逝，除了我之外，大概沒有人察覺得出來。

[7] 調酒名稱。基本上是威士忌摻蘇打水。

「雖然編輯的工作很有趣，但我自從過了三十五歲之後，就一直在想著，人生只有一次，難道我要做這個工作一輩子？就在那個時期，我遇上了現在的老師，讓我毅然決然做出了決定。」

這幾句話如果不是從瀨部的口中說出來，我心裡的感想大概會是「都幾歲的人了，還在說夢話」。但他那閃爍著神采的雙眸，在我的眼裡實在是充滿了魅力。而且這樣的決定，也確實符合他的性格。

當年的瀨部，在工作上也經常對人露出這樣的神情。那是一種發自內心對眼前的人抱持強烈興趣，以及最純真的敬意的神情。

曾經有好幾次，瀨部接下了專訪的工作，而我則跟在他的旁邊負責整理錄音文字。在出發進行專訪之前，瀨部總是會把專訪對象的底細查得一清二楚。如果對方曾經寫過書，瀨部一定會把那些著作徹底讀過一遍。如果對方曾經接受過其他專訪，瀨部也會將所有的專訪內容熟記在心，從中分析出對方心中的堅持，以及面臨的挑戰。

因此不管是性格多麼孤僻的人，也會逐漸在瀨部的面前卸下心防。那有如行雲流水般的技巧，有時甚至會讓我感到心裡發毛。

瀨部接著大談起了粧佛師傅這個工作的魅力。宛如一本書的內容一樣，每一句話都經過再三的琢磨推敲。但我心中不禁懷疑，做這個工作真的能夠維持生計嗎？

不管我怎麼推算，這個工作的收入一定比當編輯要少得多，他的妻子真的能夠接受他現在的工作？

我原本想要問個清楚，但終究沒有問出口，因為我不想再看到他眼中的輕蔑之色。我回想從前瀨部進行專訪時的舉止態度，適時地點頭回應，提出一些問題，同時也沒忘記將身體往前傾。

他大概講了三十分鐘，才提到了讓我感興趣的問題。

「雖然收入不多，但勉強還能餬口。」

我差一點發出驚呼。

該如何解讀他這句話呢？

「你的意思是……你跟你太太……」

「沒錯，我們離婚了。」

——離婚了？

我下意識地轉頭望向瀨部的左手無名指。但這麼做沒有任何意義，因為就算是在當年，他也沒有戴結婚戒指的習慣。

「這也是沒辦法的事。老公沒錢，老婆自然就跑了。」

瀨部以半開玩笑的口吻說道。我一時情緒激動，感覺整個臉頰在發燙。當年那個被我視為勁敵的女人，原來是個這樣的人。

「我想說一句很過分的話，希望妳不要介意。」

瀨部說出這句話時的口氣，簡直像是剛剛關於老婆的那些話一點也不過分。

「早知道遲早會離婚，當年我實在應該跟她離婚才對。」

我一聽到這句話，立刻站了起來。

「我要回家了。」

就在我伸手想要拿起提包時，他突然抓住了我的手腕。他的手掌是如此灼熱，皮膚是如此粗硬，完全超越了我的預期，令我登時感到手腕一陣痠麻。

「抱歉，我不會再說這些了。」

「不是啦。」

我感覺自己的聲音像個任性的孩子。

「不是你想的那樣。」

「我知道，小咪。如今輪到妳是已婚人士了。」

我聽到自己從前的綽號，昔日的那些感覺驟然全湧上了心頭。小咪……簡直像在叫自己養的貓。事實上瀨部小時候養過一隻貓，名字就叫小咪。

「何況就算是小咪，也不會喜歡沒錢的男人吧。」

瀨部如此自嘲，同時放開了手。我感覺到那灼熱的溫度離開我的手腕，忍不住想要回答「沒那回事」，但最後我沒有說出口。

我到底想要表達什麼？

簡直就像是……

瀨部目不轉睛地凝視著我。

既像是正在等著我說下去，又像是正在觀察著我心中的舉棋不定。

「不然這樣好了。」

瀨部改為抓住我的指尖。

張開他那薄薄的嘴唇，低聲呢喃道：

「妳能借我一些錢嗎？」

一時之間，我幾乎不敢相信自己聽到了什麼。

但是眼前這個男人的表情沒有絲毫改變。

沒有一絲的羞恥或屈辱，也沒有插科打諢來掩飾心中的尷尬。他以宛如談情說愛般的口吻，接著說道：

「放心，我一定會還錢。我有一個新的工作，從下個月才開始，可以拿到不少錢。妳只要先借我三十萬就行了。」

「等等！」

我急忙阻止他繼續說下去。

「你現在完全沒有收入嗎？」

「倒也不是完全沒有收入，我有一些兼差的工作。」

「什麼樣的兼差工作？」

「清潔公司，打掃公寓或辦公大樓什麼的。」

我實在沒有辦法想像瀨部會做清潔的工作。穿著清潔公司的制服，默默將髒污洗刷乾淨，收集垃圾……雖然我很不想用「潦倒」這麼負面的字眼，但我想不到其他更好的詞。

我登時感覺到全身緊繃的肌肉都獲得了解放。

為什麼他會突然跑到我的簽書會來?原來只是為了錢。

原本我還幻想他的目的是要向我求歡,忽然間我覺得自己好丟臉。我感覺到全身的血液彷彿都竄到了臉上,原本火燙的身體卻在迅速降溫。

此時我再度打量眼前這個男人,忽然覺得他不過就是個落魄的男人。年過四旬,老婆跑了,一邊當清潔員一邊追逐夢想,但直到今天依然沒有闖出什麼名堂。

我感覺到一股接近歡愉的邪惡感情,從內心深處向上竄升。

三十萬雖然不是什麼小數目,但以我現在的收入,倒也不是拿不出來。他肯定是落魄到了極點,才會來向年紀比他小得多的舊情人借錢吧。而我,卻有能力滿不在乎地將三十萬放在他的手上。

——現在的我,做得到這種事!

一股莫名的精力充盈在我的全身,令我驚覺原來自己一直憎恨著眼前這個男人。原來我最大的心願,就是讓這個男人不敢再小看我。

看啊,當年那個被你踩在腳底下的女孩,不知不覺已經爬到了比你更高的位置。

「好啊。」

瀨部一聽到我的回答，目光微微顫動了一下。

我揚起嘴角說道：

「等等離開這家店，我就到便利商店領給你。」

「太感謝妳了，我會寫一張借據……」

「不用寫什麼借據了。」

我將手指從他的手掌下方抽離。

「我相信你一定會還錢，對吧？」

老實說，就算他不還錢，我也不在乎。正因為我不在乎這筆錢，所以才願意借他。想到這筆錢可以讓我從此獲得解脫，我反而還覺得三十萬太便宜了。

從今天開始，我終於可以正式向回憶道別了。

「不行，借據是一定要寫的。」瀨部一臉認真地說道。他從提包裡取出一個檔案夾，從檔案夾中抽出一張A4尺寸的紙，在上頭寫下商借三十萬，必定在一個月之內歸還等語，並寫上今天的日期，簽上名字。

他的動作相當熟稔，顯然這不是他第一次向人借錢。或許除了我以外，他還跟其他舊情人借過錢。

——看來這筆錢，他應該是不會還了。

我以後也不會再跟這個男人見面了。

他遞來紙筆，我簽了名，將紙筆推回去，接著便站了起來。

我掏錢結了帳，帶著瀨部走出店外。他說了一句「謝謝妳請客」，神色之間不帶絲毫自卑。

他能夠借錢借得如此理所當然，反而讓我感到有些欽佩。

通常男人就算再缺錢，也會為了顧及面子，絕對不會向一個已經在九年前分手，而且年紀還比自己小得多的女人借錢。就這層意義上來說，瀨部畢竟不是個普通的男人。

到了便利商店之後，他在等待我領錢時的站姿，以及拿到錢之後隨手放進提包裡的動作，一切是如此自然，簡直可以當作借錢時的最佳範本。

正因為如此，我一直沒有察覺，原本應該由債權人保管的借據，他從頭到尾都沒有交到我的手上。

大約半個月之後，瀨部再度與我聯絡，讓我著實嚇了一跳。

——難道他真的打算要還錢？

到底該不該再次與他見面，老實說我心裡有點猶豫。但至少他似乎並不打算徹底破壞兩人之間的回憶，這點讓我有些欣慰。

而且因為有了借貸關係之後，我跟他再也不是曖昧的前男女朋友。少了這層壓力之後，我反而有點期待和他再次見面。

瀨部很熟悉當年那個青澀、懦弱、什麼事都不敢做的我。光是這一點，比起其他的點頭之交，瀨部更適合當一個相處時不會有任何壓力的朋友。

雖然我跟他曾經交往過，但只要不說出去，根本不會有人知道。當年我跟他交往時，就已經是婚外情的關係，所以我們一直保密到家，沒有把這個祕密告訴任何人。所以今後若被人問起我們兩人之間的關係，我大可以聲稱自己只是請曾經當過編輯的朋友給點建議。

話雖如此，但我還是不想跟他約在住家附近。最後我跟他約定見面的地點，就是上次那一間店。

就跟上次一樣，當我走進店內時，瀨部已經坐在座位上喝著酒。

他同樣對我說了一聲「辛苦了」，我同樣坐在他的旁邊。

我們點了琴通寧❽乾杯，我一口氣喝下半杯，全身瞬間有種擺脫了束縛的舒暢感。

「今天妳來找我，對妳老公用了什麼理由。」

「沒用什麼特別的理由，就只說是談工作。」

我嘴上這麼回答，內心卻有種奇妙的感覺。

從前交往時，瀨部才是說這種話的人。今天你老婆不會懷疑嗎？不用擔心，她以為我在工作。

我依然記得很清楚，當年我聽他說得輕描淡寫，雖然鬆一口氣，心情卻是相當複雜。他經常對太太說謊，可見得一定也經常對我說謊。我大概能夠猜得出他的心態。反正就是隨口胡謅一些理由，就算互相矛盾，他也不會放在心上。

「妳老公是什麼樣的人？」

瀨部顯得一副樂在其中的樣子。

「這個嘛……」

我一時不知該如何回答。

❽ 調酒名稱。基本上是琴酒摻通寧水。

從前的瀨部是如何形容他老婆的？

〈她真的很會做菜。〉驀然間，我的耳畔響起了他那自豪的聲音。沒錯，我想起來了。

瀨部經常讚美他的老婆。

這家餐廳的炒飯很棒，但我老婆做的炒飯可也不會輸給它。不僅粒粒分明，而且調味恰到好處……就像這樣，當他提到老婆時，不僅口氣完全不會改變，而且還會變得有點饒舌多話。他這樣的態度，總是讓我感到相當納悶，為什麼他要跟我搞婚外情？

但若問我是不是希望他說老婆的壞話，事實上倒也不是。如果他跟老婆的關係已經降到冰點，他在家裡感覺如坐針氈，為了逃避現實才跟我發生婚外情，我絕對不會對他如此著迷。

「我老公是個很溫柔體貼的人。」

當我說出這句話的瞬間，我感覺自己簡直像在說英文句子。MY、HUSBAND、IS、KIND……因為語言能力不足，沒有辦法傳達最精細的想法，整個句子變得非常彆扭。

「不管我做什麼料理，他都會說好吃。每天早上都會自動收集家裡所有垃圾桶的垃圾，拿到外面去丟。」

如果是跟女性朋友閒聊，對方此時一定會大喊「好羨慕」。

但是瀨部沒有任何反應。

我凝視著杯子裡逐漸融化成圓形的冰塊，心情不禁有些焦慮。我回想著丈夫的臉孔，先說了一聲「他」，接著才吞吞吐吐地說道：「會把壞掉的東西丟掉……」

「壞掉的東西？」

「他只要一發現冰箱裡有壞掉的東西，就會拿去丟掉。」

我說完這句話，心想如果沒有進一步解釋，他應該還是聽不懂吧。

「呃……我因為工作的關係，有時會不小心買太多食材。每次看到食材壞掉，我就會很自責，埋怨自己為什麼沒有趁新鮮的時候把食材用掉，心裡總是會很過意不去……」

「嗯。」瀨部點點頭，示意我繼續說下去。

「因為這樣的心情，有時我明知道某樣食材已經不能吃了，還是捨不得丟掉。我總是會欺騙自己，或許有什麼補救的辦法……但是食材已經壞掉了，當然沒有辦法補救。」

我說到這裡，不禁覺得自己實在是個麻煩的女人。

「我老公很清楚我這樣的個性，所以他會趁我不在的時候，偷偷把壞掉的食材丟掉，然後說是他吃掉了。」

瀨部微微揚起眉毛，問道：

「明明是丟掉了，卻說是吃掉了？」

「沒錯。」

丈夫從來不曾老實說出他把食材丟掉了。

我明知道他是丟掉了，但他既然說是吃掉了，我也總是在心裡告訴自己，他吃掉了。

「原來如此。」瀨部點了點頭。

「那他真的是一個很溫柔體貼的人。」

我相當驚訝，沒想到瀨部的這麼一句話，竟然讓我獲得了相當大的心靈滿足。

當年的瀨部也有著像我現在這樣的心情嗎？我忽然覺得當年的嫉妒、自卑與屈辱都已獲得淨化。

我就這麼抱著輕鬆愜意的心情，與他聊了一些共同朋友的近況，吃了一些與上次不同的料理，一杯又一杯地喝著酒。

我將手肘靠在桌面上，身體一貼近桌子，兩人的膝蓋登時碰在一起。瀨部與我都沒有刻意移開。

「妳戴這個很合適。」

瀨部伸手摸了我的耳環。他的指尖輕輕碰觸到我的耳垂，那灼熱的溫度讓我全身一顫。

「謝謝，我很喜歡這副耳環。」

「嗯，很性感。」

瀨部說完這句話，就將手縮了回去，拿起酒杯。我也拿起酒杯啜了一口。

離席上廁所的時候，我察覺自己已經頗有醉意，不禁在心裡暗自反省。雖然我跟他已經不是婚外情的關係，但畢竟跟男人一起喝酒，總不能喝得酩酊大醉。

一看時間，已經過了晚上十一點。我心裡暗忖，等等回到座位上，就該提正事了。

因為不好意思主動開口的關係，搞得今天好像只是來跟他喝酒聊天一樣，但其實我今天來見他的真正目的，是要跟他拿回借他的錢。

店員送上來一條冰冰涼涼的小毛巾，我擦了擦指尖，開口說道：

「對了，你上次說有個新工作，這個月才要開始，那是什麼樣的工作？」

我盡可能讓自己的說話口氣聽起來只像是在閒聊。瀨部似乎聽懂了我的意思，嘴裡「啊」了一聲，同時端正了坐姿。

「我明白，妳要提錢的事，對吧？」

「啊，嗯。」

我聽他說得直接了當，心裡有些尷尬，視線不由得左右飄移。

「抱歉，感覺好像是在催你一樣。」

瀨部轉過上半身，打開提包。我也跟著挺直了腰桿。

但是瀨部拿出來的東西，依然是上次那個檔案夾。

「抱歉，妳能不能再借我二十萬？」

「什麼？」

我的聲音不由得微微顫抖。

——再借二十萬？

這個人到底在說什麼？

「……上次借的，你還沒有還我呢。」

「原本這個月應該要開始的工作泡湯了。」

瀨部說完這句話，就不再開口，彷彿他已經解釋完了所有需要解釋的事情。

我感覺到臉部肌肉的力氣正在流失。

「……你知道自己在說什麼嗎？」

「小咪……」

瀨部親熱地喊了我的綽號，將上半身湊過來。我挪動身體，與他保持距離。

「請你不要這樣叫我。」

「為什麼？」

瀨部露出一臉錯愕的表情，彷彿真的不明白為什麼。

「這還需要問嗎……我們已經不是那種關係了，如果你還這樣叫我，不是很奇怪嗎？」

「不然我要怎麼叫妳？荒井女士？」

「我現在姓市川。」

這樣的對話實在是一點意義也沒有，所以我的口氣也不由得變得嚴峻。瀨部卻揚起嘴角，嘴裡反覆唸著「市川」兩字。

那陰陽怪氣的口吻，令我心裡發毛，我立即拿起提包，站了起來。

「等等，市川女士。」

「我要回家了。」

「先回答我一個問題！」

瀨部突然大喊，我嚇得全身一縮，他卻在這時抓住了我的手腕。

「這三十萬的事，妳是怎麼對妳老公解釋的？」

瀨部坐在椅子上，仰頭看著我。

「我猜妳一定什麼也沒說吧？連妳今天來見我，妳也騙他是談工作。」

——這個人……

「妳老公要是知道妳偷偷借了三十萬給前男友，不知道心裡會怎麼想？」

——這個人到底是誰……

「一般狀況下，一定會懷疑我們關係不單純吧？」

「不……不單純是什麼意思……我跟你清清白白……」

我的聲音變得好沙啞。為什麼會演變成這樣的局面？

「妳覺得妳的老公會相信妳嗎？」

他以手拄著臉頰，露出賊兮兮的笑容。

「如果是我的話，一定不會信的。」

——他在威脅我嗎？

我完全不明白他想要做什麼。

為什麼他會突然對我說出這種話？

現在是他不還我錢，並不是我不還他錢。

如果真的有人要被威脅，那也應該是他才對……為什麼借他錢的我，反而被他威脅了？

「如果借二十萬有困難，那就十萬吧。」

男人聳了聳肩，口氣簡直像在對我網開一面。

我感覺全身由內而外不由自主地打顫。

「你在說什麼瘋話？我絕對不會再給你錢。」

「料理研究家荒井美紀子驚傳婚外情。」

瀨部面無表情，語氣毫無抑揚頓挫，簡直像在唸出什麼原稿。

「我相信這對妳的工作，應該也會造成不小的影響吧？」

「拜託你不要這麼做！」

我反射性地脫口說出這句話，接著才驚覺這麼說只是更加讓他稱心如意。問題是如果我不這麼說，我還能怎麼說？

男人拉了拉我的手，示意我坐下。

我只好重新坐回椅子上。他以高高在上的姿態，低頭看著我說道：

「妳放心，這是最後一次。」

我不明白自己為什麼會遇上這種事。

我只能肯定一點，那就是我做出了錯誤的決定。

我不應該跟這個男人扯上任何瓜葛。

但我不明白……他是從什麼時候變成了這樣的一個人？

抑或……這才是他的本性？

我不記得自己是如何走出店外，也不記得自己是如何搭上電車。當我回過神來，我已走到了公寓的門口。

我拿出門鎖卡，解除了門鎖，拖著沉重的步伐走進入口大廳。

——現在該怎麼辦才好？

這個問題在我的腦海不斷盤旋。

四十萬這個金額，如今已具有無法挽回的意義。

雖說這筆錢是從我的存款裡領出來的，而且只要稍微增加一點工作量，要賺回四十萬並不算很困難。但是就像他所說的，兩個人如果毫無瓜葛，絕對不可能借出這樣的金額。

我低頭看著自己的雙手。指尖正在微微顫抖著。

——如果這不是最後一次，該如何是好？

站在他的立場，怎麼可能放過我這絕佳的搖錢樹？但他應該也知道，如果逼得太緊，我只好選擇向丈夫求助。

——向丈夫求助！

我仰頭看著電梯按鍵，心中突然萌生了這樣的念頭。

沒錯，我可以自己向丈夫說明。就說從前的情人突然出現在我的簽書會上，他邀我私下喝一杯，所以我就去了……等等，最好不要說是私下。反正那個人從前也是編輯，就說他認識我的責編，所以一起來參加了我的慶功宴……

〈請按下樓層按鈕。〉

頭頂上忽然傳來電子語音，讓我嚇得肩膀一震。

我趕緊按下二十七樓。伴隨著低沉的機械運轉聲，我感覺到地板開始上浮。

就說責編不知道那個人是我的舊情人，所以邀請他來參加。我不好意思拒絕，所以就和他們兩人一起舉行了慶功宴。後來那個人趁責編離席的時候向我借錢，我沒想那麼多，就借他了……

電梯門開啟。

——這說法不行。

「沒想那麼多」這說法太沒有說服力了。

我走出電梯，看著自家門口的「市川」戶名牌，陷入了沉思。

為什麼我會借他錢？這點一定要想出充分的理由，丈夫才會接納。問題是我甚至說不上來，我借他錢的真正理由是什麼。

因為我想要跟他恢復從前的關係嗎？不，絕對沒有那回事。

我只是想要讓他知道，我已經不是當年那個懵懂少女。我聽他說老婆跑了，更想要滿不在乎地把錢借給他，藉此表現出我跟他老婆不一樣……我想到這裡，猛然驚覺他在那個時機點提到跟老婆離婚的事，其實就是為了這個目的。

我不自覺地將手伸向掛在門上的那個手工編製的含羞草花圈。鮮黃色的小花，看起來生趣盎然。為了避免過於單調，還交叉編入了黃綠色的加寧桉，以及墨綠色的大西洋常春藤，三種顏色看起來相得益彰。

——乾脆說我是為了滿足虛榮心，如何？

這似乎是個好點子。

沒錯，只要在丈夫的面前自怨自艾，不斷抱怨自己的愚蠢，丈夫就不會懷疑自己跟對方有什麼不尋常的男女關係。

他看起來好落魄，一副窮途潦倒的感覺。你想想看，他竟然向年紀比自己小得多的舊情人借錢，這樣的男人還能有什麼出息？

沒錯，一定要像這樣把瀨部說得很難聽，老公才會相信我完全不是因為被他的魅力所吸引。

我開了鎖，低聲說了一句「我回來了」，走進門內。

客廳竟然亮著燈光，令我霎時心中一震。

我將雙腳從淑女鞋中抽出，踩在地板上。隔著絲襪，我竟感覺地板既冰冷又柔軟，簡直像是踩在巨大的軟糖上，不由得一顆心七上八下。

我在廁所洗了手、漱了口，接著才鼓起勇氣走進客廳。我將全身的力氣集中在下腹部，又說了一次「我回來了」，但就在這個瞬間，我的身體僵住了。

丈夫已經在客廳睡著了，手上還抓著電視遙控器。

但他不是坐在沙發上，而是坐在沙發前面的地板，整個人仰靠著沙發，正在發出陣陣鼾聲。

電視畫面上播放著他在好幾個星期前錄下的《星期五電影劇場》。

我頓時放鬆了緊繃的神經，走到丈夫的旁邊，以膝蓋抵著地，說道：

「老公，去床上睡吧。」

我輕拍他的肩膀，他卻皺起眉頭，彷彿想要閃躲一般地翻了個身。他的身體完全離開了沙發，卻依然沒有醒來，蜷曲著身子躺在地板上。

接著他又開始發出鼾聲。

「在這裡睡覺會感冒，先到床上去吧。」

我再次輕輕搖晃他的身體，他只簡短地說了一句「不用了」。

我站了起來，低頭看著丈夫，嘆了一口氣，只好到寢室去拿棉被。

最近丈夫經常像這樣，原本在客廳做著某件事，卻不知不覺睡著了。我心想，他的工作應該很累吧。他是個從來不提工作的人，所以我不清楚他現在的工作狀況，但他最近的加班時間明顯變長了。有好幾次他晚上還沒洗澡就睡著了，到了早上才洗澡。

我將棉被輕輕蓋在丈夫的身上，稍微想了一下，決定把枕頭也拿來。但是當我拿了枕頭回到客廳時，丈夫的姿勢竟然變成緊緊抱著棉被，彷彿要把棉被塞進體內一樣。

我以膝蓋抵著地，用力抬起他那沉重的頭部。伸入頭髮之中的手指感受到了一股濕潤的熱氣，讓我重新回想起了殘留在身體深處的那一絲痠癢感。

回想起來，我跟丈夫已有好一陣子沒有肌膚之親。耳垂被那個人觸摸的感覺重上心頭，我趕緊將那些想法拋在腦後，將枕頭塞進丈夫的頭部與地板之間。

接著我走進廚房，從冰箱取出了雞胸肉及蔥、薑，穿上圍裙，盡可能不發出半點聲音，製作起了料理。菜刀所發出的規律聲響，逐漸讓我恢復冷靜。

瀨部的事，我決定還是別告訴丈夫。

就算我用了再巧妙的話術，丈夫也不見得會相信。就算他願意試著相信我，內心深處多少還是會殘留一點懷疑。

一旦開始懷疑……就回不去了。沒有辦法再回到什麼也不知道的狀態。為了那種男人而毀了現在的幸福，實在是太愚蠢了。

到頭來，或許我只是為了讓自己能夠安心，所以才想把這件事告訴丈夫。因為只要丈夫接納了我的說詞，我就不用再害怕那個男人。

但是仔細想想，那個男人絕對不敢在丈夫的面前胡說八道。

因為一旦他說了，他就再也沒有辦法用這件事威脅我。何況他要是在丈夫的面前自稱是我的婚外情對象，還得背負賠償風險。

我一邊清洗因雞肉油脂而變得濕滑的手指，一邊緩緩吁氣，拋開了心中的這些煩惱。

反光板再傾斜一點，很好。美紀子小姐，左手手指能再彎一點嗎？好，就是這樣……攝影師的聲音，讓我緊繃的身體獲得放鬆。

「哇！真是太美了！」

編輯搶先一步看著照相機螢幕，興奮地說道。

我不知道此時能不能移動身體，幸好攝影師將照相機螢幕轉過來對著我，於是我把餐盤放在桌子上，朝著照相機伸長了脖子。

「很美，對吧？」

我聽編輯這麼說，心裡想著應該要出聲附和，喉嚨卻發不出聲音。

——這是我嗎？

畫面上的女人，看起來就只是一個極度做作而空洞的中年婦人。

自然而洗鍊的壁紙，宛如漂亮頭巾的廚師三角巾，雖然舊但相當乾淨的圍裙，營造出特殊韻味的日式餐具，看起來秀色可餐的料理……作為使用在封面照片上的道具，可說是每一樣都非常完美。這每一樣東西，都是自己花了很多時間，將感性的才能發揮至極致所挑選出來的。

但是自己的僵硬笑容，卻毀了這美好的一切。

「是不是覺得有什麼不好的地方要修改？」

攝影師見我默不作聲，顯得有些不安。

「呃，倒也不是不好。」

我反射性地否認，同時稍微調整了一下似乎有點歪掉的三角巾。

「啊，是不是頭髮感覺不太對？」

攝影師立刻轉頭望向螢幕。

「左邊的頭髮確實有點翹起來，我們重拍一張吧。」

「我不是那個意思……」

因為說得匆忙，我的口氣不自覺地變得有些嚴厲。

整個室內登時陷入一片沉默，氣氛頗為凝重。

我趕緊假裝轉頭確認螢幕，同時開口說道：

「我總覺得這次的封面似乎不要放我的照片，改放料理的特寫比較好。」

「咦？」

攝影師與編輯同時發出錯愕的聲音。

「其實我從之前就一直這麼想。」

為了化解這尷尬的氣氛，我盡可能以開朗的口吻說道：

「我的每本書，封面都是由我端著料理，或許這一本可以有一些變化。」

「啊，原來如此。」

攝影師聽懂了我的意思，顯得鬆了一口氣。

「我明白妳的感受。」編輯雖然點了點頭，卻表現出一副準備要反駁的態度。

果不其然，他接著說道：

「但是如果只放料理的照片，看起來就會跟其他食譜沒什麼分別。我們不只是要讓這本書看起來像食譜，還要讓任何人都能一眼看出它是荒井美紀子的食譜。」

「這我明白……」

「讀者是因為荒井美紀子這個名字，才買下這本書。除了喜歡妳的食譜之外，他們還憧憬妳的人生哲學。例如房間的布置方式，以及理財觀念等等……」

編輯說得頭頭是道，在我聽來卻是越來越遙遠、越來越模糊。

人生哲學？我的？

這聽起來是如此諷刺，讓我忍不住揚起了嘴角。

從那天之後，那個男人就不斷寫信給我。

信件的內容多半很簡短，例如「現在有沒有空」，簡直像是偶然想起，隨口問了一聲，完全沒有任何多餘的訊息。

就只是問我有沒有空，完全沒有提到錢的事，甚至沒有要求見面。

但他的意圖非常明顯。

我只要一看見電子信箱裡出現他的名字，就會心慌意亂，但我只能強忍著淚水，無視他的來信。

我心裡很清楚，絕對不能再答應他的任何要求。任何的回應都會讓他得寸進尺。想要讓他放棄，就必須讓他明白這種威脅的手法對我沒有用。

如果他在信中寫一些威脅的言詞，我就能以此當作證據，向丈夫求救。可惜他不會犯這種愚蠢的錯。

「如果妳還是在意的話，我們可以多拍幾次。」

攝影師走上前，重新舉起照相機。

「或許我們這次可以試著換不同的角度。」

「讓美紀子小姐實際製作料理，我在旁邊拍攝如何？一來可以有明顯的變化，二來也比較能呈現出動感。」

「但背景是廚房的話，生活感太重了，感覺不夠夢幻……」

「那不然改成拍美紀子小姐在餐桌上擺盤的動作？」

「啊，這點子不錯。」

編輯與攝影師越說越是起勁，我卻只能在一旁發著愣。

我笑著送攝影師與編輯走出門外。一關上門，頓時感覺到極度疲累。

我拖著沉重的步伐回到客廳，倒在沙發上，一陣難以抗拒的睡意如排山倒海般湧來。

啊啊，好想睡……但是得先把衣服換掉才行。還得拆掉頭髮及卸妝。

就在這時，門口處忽然傳來了「叮咚」聲響。我聽見那拉著長長尾音的門鈴聲，嚇得整個人跳了起來。

我趕緊整了整凌亂的頭髮，按下對講機的通話鍵。但這時我才察覺，剛剛那聲響並非來自公寓一樓的對講機門鈴，而是這個樓層的玄關大門外的門鈴。

——難道是他們忘了東西？

我轉頭望向牆上的掛鐘。

——從他們離開到現在，已經過了兩個小時。

時鐘指著下午五點半。本來以為只是稍微閉上眼睛，沒想到竟然睡著了……既然已經過了這麼久，到底是誰按的門鈴？

我嚥了口唾液，凝視著對講機的螢幕。可惜只有公寓一樓有監視器，公寓內的玄關大門並沒有，所以無法確認按門鈴的人是誰。

「……哪位？」

雖然心中有些猶豫，但既然已經按下通話鍵，總不能再裝作不在家，所以我只好低聲問了一句。

〈是我。〉

聽到那聲音的瞬間，我感覺到心臟劇烈收縮。

——為什麼？

〈開門吧。〉

「你為什麼會……」

〈如果妳希望我站在這裡說話，我也無所謂。〉

我聽到這句話，立刻衝向門口。

要是被人看見他在我家門外……

我才剛開了鎖，還沒碰到門把，門板已被他拉開。

「好久不見。」

男人面帶微笑說道。他的口氣就跟不久前相隔了九年才見面時一模一樣。

我先確認男人的身後沒有人影之後，趕緊將他拉進門內，關上門。

「為什麼？」

「什麼為什麼？」

他以一副理所當然的口氣反問我，反而讓我眼神飄移，不知如何回答。

「你為什麼……會跑到這裡來……」

這個問題並不是我真正想問的問題，卻是我第一個脫口而出的問題。

「因為妳不理我啊。」

那答非所問卻又帶著孩子氣的口吻，令我背脊發涼。

「那也不應該……而且你是怎麼找到我家的？」

我並沒有把自己家的地址告訴他。而且在工作上，我也沒有對外公開自己的住處。就算他偽裝成在職中的編輯，向我的責任編輯詢問，責編沒有經過我的同意，也不可能輕易對他透露我的地址。

男人沒有回答我的問題，脫下了鞋子，踏入內廊。

「不准進去！」

我趕緊阻止，但他沒有理會，走進了客廳。

「裝潢得很漂亮嘛。」

男人在屋內左右張望，顯得相當感興趣。
「不愧是料理研究家的住家。」
「請你離開。」
我提高了音量。
「突然跑到我家來，太沒有禮貌了。」
「我也不願意，只能怪妳不理睬我。」
「我不會再不理睬你，拜託你快走吧。」
我急得像熱鍋上的螞蟻，口氣也轉變為懇求。如果這時丈夫回來的話……
「那妳現在就回答我的問題吧。」
男人的話，讓我錯愕地抬起了頭。他瞇起了那溫柔的雙眸，低頭俯視著我，我卻不由得退了一步。
「回答……什麼問題？」
「『現在有沒有空』？」
我又退了一步。
「……沒空。」

這男人到底是怎麼回事？

「是嗎？」

他點點頭，朝我走近一步。我又退一步，背部撞上廚房吧檯的邊角。

「啊……」

我晃了一下，眼看就要摔倒，他迅速伸手，抓住我的手腕，同時摟住我的腰。

那灼熱手掌的觸感，讓我的身體產生了反射性的反應。我忽然好厭惡這樣的自己。

眼前這個男人讓我感到既可怕又噁心。

我真心希望他立刻離開，一輩子都不想再跟他扯上任何瓜葛。

偏偏我的身體依然記得他的雙手所帶來的感覺。

當年的我，就像是溺水者，只能緊緊抓著他的手。他的那雙手，不知給了我多少快感。

「不要碰我！」

我甩開他的手，對著他如此大喊，然而我的聲音卻在微微顫抖。

「我不會再給你錢了！如果你想告訴我老公，你就去說吧！」

我不由得感到後悔。打從第一次遭到威脅，就應該這樣做才對。

我應該以嚴厲的口吻，拒絕他的一切要求。如果他真的對丈夫說了什麼話，我就堅稱他只是一個瘋子。就說他是一個來參加簽書會的書迷，卻抱著正在跟我交往中的幻想，而且搞不好還是個跟蹤狂。如果我打從一開始就這麼說，就沒有後面這些問題了。

「噢？」

男人又瞇起了眼睛，顯得一副樂在其中的樣子。

「我可以告訴妳老公？」

「我沒有做任何虧心事。只要我說你是一個瘋子，我老公一定會相信我。」

「那張借據，妳要怎麼解釋？」

「咦……？」

我的視線再度飄移。

「小咪，那上頭可是有妳的親筆簽名。」

男人以勸諫的口氣說道。

「我說過了，不准再叫我那個名字！」

「妳老公不會相信的。」

男人以宏亮的聲音，斬釘截鐵地說道。
「就算表面上裝出相信妳的樣子，內心還是會抱持懷疑，這個懷疑一輩子都不會消失。」
那有如天啟一般的聲音，讓我感覺眼前的景色離我越來越遙遠。
「可是……我們明明什麼也沒做。」
「什麼也沒做，卻得背負婚外情的罪名，讓妳覺得不甘心嗎？」
男人抓住了我的手。
「既然如此，那就做一點什麼吧？」
他的指尖輕觸著我的手掌，緩緩向上推移。我登時感到全身不寒而慄。
我將男人推開，緊緊環抱雙臂，大喊：
「不要再開玩笑了！」
我的聲音異常沙啞。
天底下怎麼會有這種人？真是太惡劣了。他明明不是這種人……
「滾出去。」
我惡狠狠地說道。

「你不出去，我就要叫警察了。」

「妳叫啊？」

男人絲毫不為所動。

「你認為我不敢？」

「不……」

男人沒有搖頭，只以言詞否定了我的話。

「妳或許真的會叫，但妳叫了之後，一定會後悔。因為妳一旦叫警察來逮捕我，街坊鄰居一定會跑出來看熱鬧。」

男人的語氣非常平淡。

「到時候我會告訴大家，我跟妳正在交往。」

那柔和的嗓音，有如正在唱著歌。

「不管妳怎麼反駁都沒有用。當初是妳開門讓我進來，這一點已經說明了一切。警察及街坊鄰居只會相信我，不會相信妳。警察只會認為是情侶吵架，什麼都不會做。至於街坊鄰居，當然會認為妳在搞婚外情。」

「住口！」

我不假思索地打斷了他的話。雖然腦袋一團混亂，但我心裡很清楚，這樣下去肯定是沒完沒了。我一定要表現出強硬的態度，絕對不能再示弱下去。我的心裡明明這麼想，最後從我的雙唇擠出的聲音卻是：

「我明白了。你要錢，我給你。」

再拖下去，丈夫就要回來了。要是被丈夫知道我讓這個男人進來家裡……丈夫可能會懷疑我大膽到跟男人在家裡偷情。

「謝謝妳。」

男人瞇起了眼睛，彷彿看著最心愛的事物。

到了這一刻，我才明白那表情沒有任何意義，也沒有任何價值。

我踉踉蹌蹌地走向沙發，忍受著天旋地轉的感覺，拿起了提包。正當我想要從裡頭抽出錢包時，我偶然發現智慧型手機的螢幕正亮著燈。

我的視線不經意地朝螢幕瞥了一眼。下一瞬間，我倒抽了一口涼氣。

〈我要回家了。〉

那是丈夫傳來的訊息，而且時間是大約一個小時之前。

丈夫從公司回家，時間差不多是一個小時。

——他隨時有可能回到家！

我奔向男人，把錢包裡所有一萬圓鈔票塞在他手裡，將他拉到內廊。

「我老公快回來了！你趕快出去！要是被他看到你，你就沒辦法再威脅我了，你應該也不願意吧？我會再找時間好好跟你談，拜託你快……」

我的話還沒說完，門外已傳來電梯門開啟聲。

——慘了！

我瞬間感覺一陣頭暈目眩。

我一咬牙，拉著男人的手腕全力奔跑。

「回來了！」

簡短解釋之後，我奔進房間，將男人塞進衣櫥裡。

「拜託你絕對不要發出聲音！」

我一說完這句話，就關上了衣櫥的門。幾乎就在同一時間，玄關處傳來轉開門鎖的聲音。

我奔到內廊上，才剛關上房門，玄關處卻又傳來上了鎖的門受到搖晃的聲音，緊接著又是一陣轉開門鎖的聲音。

——糟糕！我剛剛沒有鎖門！

我舉步想要走向玄關，但轉念一想，我平常沒有到門口迎接丈夫的習慣，今天如果特地走到門口迎接，反而會遭到懷疑。於是我迅速轉身，才剛走進客廳，走廊上就傳來了腳步聲。

「啊，你回來了！」

我故意抬高音量，拉長了語尾，以避免聲音顫抖被聽出來。

「工作辛苦了，今天比平常早呢。」

我怕丈夫如果看到我的臉，會察覺異狀，所以從客廳走向廚房，假裝打開冰箱要拿東西。

「抱歉，今天拍照時間有點延誤，晚餐還沒有煮好。」

丈夫完全沒有回應。

我感覺心臟噗通亂跳，幾乎讓胸口隱隱作痛。怎麼辦……怎麼辦……怎麼辦……

——要是那個男人現在從房裡走出來……

「沒關係，我現在還不太餓。」

盥洗室傳來丈夫的說話聲，以及水龍頭的聲音。

我從冰箱裡取出丈夫經常喝的碳酸水，擠出了微笑，走向盥洗室。

「工作辛苦了。」我又說了一次，同時遞出碳酸水。「啊，謝謝。」丈夫接過碳酸水，仰頭灌了好幾口。

我看著他的喉結像一隻蟲子般上下蠕動，轉身說道：

「今天累不累？我做薑汁燒肉幫你消除疲勞吧。」

「噢，好啊。」

丈夫拿起毛巾用力擦臉。

擦完臉後，丈夫轉身就要走出盥洗室，我心中焦急，趕緊喊了一聲「啊」。

「咦？怎麼了嗎？」

丈夫將頭轉了回來。

我強忍住想要避開視線的衝動，故意用鼻子發出一點聲音，假裝在嗅氣味。

「你今天好像流了很多汗？」

「有味道嗎？」

丈夫舉起手臂，聞了聞腋下，皺起眉頭。「好，我沖個澡。」他咕噥道。

「你沖澡的時候，我趕緊來煮晚餐。」

我說完便轉身走向廚房。把砧板與菜刀放到調理台上後，我豎起耳朵仔細聆聽。

等到確認浴室的門關上後，我輕輕放下菜刀，走向盥洗室。

確認浴室傳出水聲後，我立刻轉身，奔進房間裡。

我衝向衣櫥，打開了門。

「快！趁現在！」

「這裡頭灰塵真多。」

男人慢條斯理地皺眉說道。

「求求你！現在你離開不會被發現！」

「妳冷靜點，不用這麼緊張。」

「真的不能被我老公發現，我求求你！」

我拉著男人的手腕哀求他，幾乎快要掉下眼淚。男人雖然口氣一副老神在在的樣子，卻也沒有抗拒，乖乖跟著我走到了玄關。

「我會再跟你聯絡，拜託你快走吧！」

就在這時，浴室的水聲停了，我登時感覺到心臟劇烈收縮。

男人還想開口說話，我以指甲用力抓了他的手臂，阻止他開口。

幸好水聲再度響起，我放開了手。「我說妳冷靜一點。」男人苦笑著說道。

「住嘴！」

我一邊轉頭觀察浴室的動靜，一邊低聲怒吼。

「總之你快走吧！」

「我看妳先做個深呼吸再說。」

我看著男人那嘻皮笑臉的表情，眼淚幾乎快要奪眶而出。

——為什麼他不趕快走？

到底該怎麼辦才好？

「你為什麼要這麼對我？」

眼淚終於還是掉了下來。

「我到底對你做了什麼，才讓你想要這麼對我？」

「妳什麼也沒做。」

頭頂上傳來的聲音，帶著三分索然無趣。

「既然我什麼壞事都沒做，你為什麼……」

「不見得只有做壞事的人才會遭報應。」

我抬起了頭。

那男人的柔和視線，與我的視線緊緊相扣。

但那只發生在一瞬之間。下一秒，男人一邊將腳套進髒污的皮鞋裡，一邊揚起嘴角說道：

「看來妳完全沒有察覺。」

「……什麼？」

「我們時隔九年之後的第一次相遇，並不是在那場簽書會上。」

「咦？」我愣住了。

「只是妳從來不曾正眼看過我，而且總是屏住呼吸。」

我還沒有開口詢問詳情，男人已經開門走了出去。

我只能一臉茫然地目送他的背影離去。

終於得救了……但不知道為什麼，完全沒有鬆一口氣的感覺。

——他剛剛那句話是什麼意思？

就在這時，我聽見了浴室門開啟的聲音。

我心中驚惶，趕緊回到廚房。

從冰箱中取出薑，以最快的速度磨成泥。

驀然間，我感覺到指尖一陣劇痛，不由得放開了手中的薑。指尖滲出了血來，我先沖水洗去鮮血，接著取來廚房紙巾擦拭雙手。

——我到底在幹什麼？

背後傳來丈夫走出浴室的聲音，讓我忍不住想要猛抓自己的頭髮。

——總之得保持冷靜才行。

雖然那個男人已經走了，但如果表現出一副心虛的樣子，還是有可能遭到懷疑。

我將醬汁的材料攪拌均勻，將豬里肌肉裹上低筋麵粉，放入鍋中。完成了這些步驟之後，我悄悄取出智慧型手機。

才剛打完一行「剛剛真的很抱歉」，我整個人傻住了。

我到底在幹什麼？我心裡在盤算著什麼？

我不可能永無止境地任由他予取予求，但我又不能像之前一樣對他的聯絡視而不見。

因為他已經知道我家在哪裡了。

想到這裡，剛剛心中的疑問再次浮上心頭。

——為什麼他會知道我住在哪裡？

難道是上次跟他見面時，他跟蹤我回家？還是……

〈我們時隔九年之後的第一次相遇，並不是在那場簽書會上。〉

那句話到底是什麼意思？

〈只是妳從來不曾正眼看過我，而且總是屏住呼吸。〉

……屏住呼吸？

我為什麼要……就在這個瞬間，我的腦海浮現了一幅景象。

因為難聞的氣味，我屏住了呼吸，快步通過某個地方……

——垃圾放置場？

〈清潔公司，打掃公寓或辦公大樓什麼的。〉

我倒抽了一口涼氣，轉頭望向玄關大門。

——他是這棟大樓的清潔員？

我瞬間感到天旋地轉，彷彿腳下的地板正在崩塌。

這不可能……我試著這麼說服自己。如果我認識的人就在附近，我怎麼可能沒有察覺？

但我努力試著回想那清潔員的臉，卻是說什麼也想不起來。

我的雙腿開始微微顫抖，並且逐漸向上傳遍全身。

——我真的完全沒有察覺。

既然是這棟大樓的清潔員，要進入大樓可說是輕而易舉。

想到這裡，我又明白了另一點。

為什麼他要故意叫我「小咪」？

我已經不是適合使用那種綽號的年紀，跟他也已經不是那樣的關係。但他還是故意那樣叫我……或許是為了引誘我要求他別再這麼叫。

〈不然我要怎麼叫妳？荒井女士？〉

〈我現在姓市川。〉

知道現在的姓氏，就能知道住在大樓裡的哪一戶。

「喂！」

驀然間，背後傳來斥責聲。

我嚇得整個人彈了起來。

「妳到底在幹什麼？」

丈夫將我推開，我凝神一看，他正伸手關掉瓦斯爐的開關。

「妳忘記關火了！」

竄入鼻孔的焦臭味，讓我回過了神來。

「對不起……我剛剛在發呆。」

「妳要想什麼是妳的自由，但是該做到的事情不要馬虎。」

丈夫不耐煩地說了這句話，令我心中一凜。

「對不起。」

「我的意思並不是要妳向我道歉。」

我感覺全身有一股寒意由內向外滲透，彷彿遭人潑了一盆冷水。

「……我去買一些現成的食物回來吧。」

「嗯。」丈夫將平底鍋拋進流理台，連瞧也沒瞧我一眼。

我拿起錢包，像逃難一樣匆匆走向玄關門口。雖然我看見自己的淑女鞋東一隻、西一隻地擺在地上，但我打開了鞋櫃，打算拿出我的運動鞋。

就在這個瞬間，一個念頭閃過我的腦海，令我全身一震，彷彿被人從後腦勺敲了一棍。

——剛剛我沒有把那個人的鞋子藏起來。

那雙髒污的皮鞋，丈夫一眼就能看出那不是他的鞋子。

他不可能沒有發現。

當他一走進家裡，就會看見門口擺著一雙陌生男人的鞋子。

但是丈夫完全沒有開口詢問，而且還在我的建議下走進浴室淋浴。

簡直像是要我利用那段時間，趕快把該處理的問題處理好。

〈妳要想什麼是妳的自由，但是該做到的事情不要馬虎。〉

丈夫剛剛對我說的話，在我的腦海裡迴盪著。

我的身體彷彿不再是由我操控。眼前的門自己開了，雙腳自己走了出去。

關上門的同時，含羞草的花圈微微搖曳。

在一片模糊的世界裡，小小的花朵落在沒有一絲灰塵的地板上，再也看不見了。

本書在撰稿過程中，承蒙清水惠里老師提供諸多建議。
在此向提供協助的諸先進致上由衷的感謝之意。
本書中的描述內容若有訛誤，皆應歸咎於作者。

春日
ハルヒブンコ
文庫

145

# 別將手上的髒污擦在那裡

汚れた手をそこで拭かない

別將手上的髒污擦在那裡 / 蘆澤央作 ; 李彥樺譯. -- 初版.
-- 臺北市 : 春天出版國際文化有限公司, 2024.06
面 ; 公分. -- (春日文庫 ; 145)
譯自 : 汚れた手をそこで拭かない
ISBN 978-957-741-825-8(平裝)

861.57 113003047

版權所有・翻印必究
本書如有缺頁破損，敬請寄回更換，謝謝。
ISBN 978-957-741-825-8
Printed in Taiwan

YOGORETA TE WO SOKO DE FUKANAI by ASHIZAWA You
Copyright © 2020 ASHIZAWA You
All rights reserved.
Original Japanese edition published by Bungeishunju Ltd., in 2020.
Chinese (in complex character only) translation rights in Taiwan reserved by Spring International Publishers Co., Ltd., under the license granted by ASHIZAWA You, Japan arranged with Bungeishunju Ltd., Japan through Japan Creative Agency, Japan.

作　　者　蘆澤央
譯　　者　李彥樺
總 編 輯　莊宜勳
主　　編　鍾靈

出 版 者　春天出版國際文化有限公司
地　　址　台北市大安區忠孝東路4段303號4樓之1
電　　話　02-7733-4070
傳　　眞　02-7733-4069
E－mail　bookspring@bookspring.com.tw
網　　址　http://www.bookspring.com.tw
部 落 格　http://blog.pixnet.net/bookspring
郵政帳號　19705538
戶　　名　春天出版國際文化有限公司
法律顧問　蕭顯忠律師事務所
出版日期　二〇二四年六月初版

定　　價　360元

總 經 銷　楨德圖書事業有限公司
地　　址　新北市新店區中興路二段196號8樓
電　　話　02-8919-3186
傳　　眞　02-8914-5524
香港總代理　一代匯集
地　　址　九龍旺角塘尾道64號 龍駒企業大廈10 B&D室
電　　話　852-2783-8102
傳　　眞　852-2396-0050